DEAR
OLD “NEW TOWN”
Fuminori Onodera

ディア・オールド・ニュータウン

小野寺史宜

角川書店

目次

冬

木場忠道 と 鴨南蛮

5

春

洞口和太 と かつ丼

73

夏

荒瀬康恵 と きつねそば

139

秋から冬

星川心奈 と 親子丼

213

装画
kigimura

装丁
坂詰佳苗

ディア・オールド・ニュータウン

冬

木場忠道《きばただみち》と鴨南蛮

日本そば、という言葉は結構好きだ。

親父がよく口にしてた。だからその声で耳に残ってる。

と、そんなことを考えながら、厨房《ちゅうぼう》で鴨南蛮をつくる。うどんではない。そば。

ウチは合鴨のむね肉のローストを四切れと長ねぎを四切れ載せる。

鴨自体の味は濃くしない。あっさりめ。そばつゆに浸るのだから、そのほうがいい。鶏肉とはまたちがう鴨肉特有のあの旨味《うまみ》を、食べる人に強く感じてほしい。これも親父がそう言ってた。おれもそう思う。

長ねぎはななめ切りではなく、四センチのぶつ切り。鴨南蛮の場合、おれはそちらにしてる。焼鳥のねぎまのねぎみたいなもんだ。表面に焼き目をつけたそれを、鴨肉と並べる。

鴨南蛮の南蛮は、ねぎのことを指す。チキン南蛮の印象が強いから、ガキのころはタルタルソースのことを指すのだと思ってた。そば屋の息子なのに。

鴨とねぎはよく合う。鴨がねぎを背負って来る、とは言い得て妙。これでわたしをおいしくしてくださいい、とねぎを背負ってやってくる鴨。自ら食べられに来る鴨。かわいい過ぎる。

茹《ゆ》でたそばを入れた丼につゆを注ぎ、愛しき鴨ねぎを載せる。色どりとしての三つ葉を添えて、完成。ここ蜜葉《みつば》市みつばで鴨南蛮に載せられる三つ葉。それもまたかわいい。

「持っていく?」と小枝《こえだ》が言うので、

「いや、いいよ」と返す。

厨房から出ると、おれは自らその鴨南蛮をテーブル席のお客さんに届ける。

五十前後の男性。注文の際、日本そばのお店はこの辺でここだけ?　と訊《き》かれた。それでおれも日本そばという言葉を口にした。日本そばは、そうですね、ここだけです。そしてすぐにこう言い足した。あ、ただ、駅前のファミレスさんでも出してはいるかもしれません。

ちょっととはいえそんなふうに会話をしたから、自分で届けることにしたのだ。これでほかの誰かに持っていかせるのは微妙に失礼かと思って。

「お待たせしました。鴨南蛮です」と丼をテーブルに置く。

「おぉ。待ってました。どうもありがとう」と男性が言ってくれる。

会釈をして去りかけるも、待ってました、がうれしくて、つい言ってしまう。

「何度か来てくださってますよね?」

「あ、何、覚えててくれたの?」

「はい。正直、覚えきれないほどお客さんがいるわけでもないので」

「でもおそばはおいしいよ」

「ありがとうございます」

「今日で四度め、になるのかな。ぼくは」

「いつも鴨南蛮じゃないですか？」

「あ、それも覚えてる？」

「はい。鴨南蛮も、正直、そんなに出るわけではないので」

「そうなんだ。ぼくは、好きなんだよね」

「僕も好きです」

「おいしいよね、鴨。ほかの肉とは何かちがう。チャーシューの代わりにラーメンに入ってたら、ん？　と思うかもしれないけど、日本そばには合う」

「そう思います」

　ではごゆっくり、と言おうとしたところで、男性が言う。

「前から思ってたんだけど。店長さん、なんだよね？」

「はい」

「だよね。いつもいるもんね。若い、よね？」

「いえ、そんなでも。次の誕生日で三十ですよ」

「なら若いじゃない。ここの人？」

「はい。ここに住んでます。この上に」

「もとから？」

「そうですね」

「じゃあ、前の店長さんの息子さん?」

「はい」

「やっぱりそうなのか」

「親父がやってたときの店も、ご存じですか?」

「うん。いや、実はね、ぼくも昔ここに住んでたの。みつばに」

「そうでしたか」と言ったあとに、続ける。「何か、邪魔しちゃってすいません。おそば、召し上がってください」

「そうだね。いただきます」そして男性もこう続ける。「食べながら、ちょっと話してもいい?」

「どうぞ」

「でも忙しいか」

「いえ。ご覧のとおりですし」

午後一時半。ほかにお客さんはいない。

十二時から一時のあいだに何人かが来てくれる程度。その一時間はちょっと混むこともあるが、まさにちょっとだ。混むという言葉をつかうのもおこがましいぐらい。そもそも、ちょっとなら、混んでない。

四人掛けのテーブル席が四つに、二人掛けのテーブル席が二つ。小上がりにも四人用の座卓が二つ。計二十八人が座れる。それでも満席にはならない。

「お昼は二時までだっけ」

「はい。これからお客さんが来ることはないと思います。だから、だいじょうぶです。来たとしても、なかにもう一人いますし」

小枝だ。杉戸《すぎと》小枝。厨房で、おれがまとめたレシピ帳を見てる。勉強熱心なのだ。店はオープンして二ヵ月だが、もうほぼ全品を、おれと変わらない感じでつくれる。こらこら、追いつくの早すぎ、と言いたくなる。

そうしたほうが男性も話しやすいかと思い、おれは隣のテーブル席のイスに座る。通路を挟んで男性とななめ向かいになる位置だ。

あらためていただきますを言い、男性はれんげでつゆを一口飲む。そして箸《はし》ですくったそばをすする。

この最初のひとすすりがいい。何がいいって、ズススッという音がいい。日本そばだな、とそこでも思う。ラーメンの音よりはやわらかい感じがする。麺《めん》の表面が実際にやわらかいからかもしれない。

外国人はうまくそばをすすれない。すする文化がないのだ。ものをすすって食べるのはマナー違反になるらしい。それは、まあ、日本でもそう。そばやラーメンは例外というだけ。同じ麺でもスパゲティでそれはやらない。で、その例外は尊いと、おれ自身は思ってる。

「ぼくね」と男性が言う。「二丁目に住んでたの。何十年も前だけど」

「蜜葉川の近くですか?」

「そう。蜜葉川。川沿いの道をよく歩いたよ。今は公園みたいになって道も舗装されてるけど、ぼくがいたころはまだ砂利道でね」

「そうですか。僕が子どもだったころはもう、今みたいになってましたね。たぶん」

「次で三十、なんだよね？」

「はい」

「じゃあ、そうだろうなぁ。ぼくは今五十なんだけどね、中学生ぐらいのときにちょっとずつ整備されだしてたよ」

「いつまでいらしたんですか？」

「十四歳。中学二年。その途中で引っ越した。二年生の最後まではいなかったよ」

「今そのお歳だと、みつばで生まれたわけではないですよね？」

「うん。よそから来た。みつばがニュータウンとして造成されて、その第三期分譲みたいなときに来たのかな。親が一丁目の一戸建てを買って、そこに住んだ。それが十歳になる前か。小学校の四年生になるときに来たんだね」

「四十年前ってことですか」

「そうなるね。それまでは狭いアパートだったから、すごくうれしかったよ。二階建てで、自分の部屋があって、庭もあって。東京湾とはいえ近くに海もあって。日曜日になると、自転車で行ってたよね。川沿いの砂利道を走って」

　ここ蜜葉市みつばは埋立地。あとからつくられた町だ。もとからあったのは国道の辺りまで。その向こうは高台の四葉《よつば》。市役所はかつてその四葉にあったという。みつばが造成された際に、郵便局なんかと一緒にこちらへ移ったのだ。

漢字はそのまま蜜葉市蜜葉になる予定だったが、それだとちょっと重苦しいということで、ひらがなにした。同時に蜜葉市をみつば市にすることも検討されたらしい。でもそれには反対も出て、結局は蜜葉市みつばに落ちついた。ガキのころ、母ちゃんからそう聞いた。

「砂利道だから、タイヤがパンクしたこともあったな。半分ぐらいまで来ちゃってたから、残り半分は自転車を引いて海まで行って、帰りは家までずっと引いて戻った記憶があるよ。でも楽しかった。何ていうのかな、新しい町特有の空気があったんだね。これから発展していくっていうさ。まあ、住宅地だから、発展するといっても限度があるけど」

「若い人が多いだけで、ちがいますからね」

「そう。それ。町自体、若い感じがしたよ。ただ人が住んでるだけなのに活気があるっていうかね」

男性はそばをすする。そして鴨肉の一切れを食べ、すぐに長ねぎの一切れも食べる。

「あぁ。うまいよ。そばも、鴨もねぎも」

「ありがとうございます」

「ぼくは、キバね」

「はい？」

「名前」

「あぁ」

「話してる相手が誰だかわからないのも何だろうから」

キバさんは、漢字のフルネームを教えてくれる。木場《きば》忠道《ただみち》さん、だそうだ。

「店長さんは、店名どおり、ささはらさんでいいんだよね？」

「はい。笹原鳴樹《ささはらなるき》です。ちなみに親父は、完二《かんじ》でした。親父がやってたときも、木場さんは食べに来てくれてたんですか？」

「うん。お店自体ができたばかりのときだったんじゃないかな。それこそオープンしたてとか」

「四十年前なら、そうかもしれません」

「お父さん、今は？」

「亡くなりました」

「そうか。いつ？」

「六年前、ですね。その少し前から体を悪くしてたんで、店は閉めちゃってましたけど」

「じゃあ、ここまで、閉めてた期間もそこそこあるんだ？」

「はい。六年強、とか」

「すぐには継がなかったんだね」

「ですね。そもそも継ぐ気はなかったので。と言いつつ、結局はこんなふうに、やっちゃってますけど」

「お父さんがやってたころからさ、ぼくは鴨南蛮を食べてたの。というか、そのときに初めて食べたんだね、鴨を」

「あぁ、そうでしたか」

「小四とかだからさ、鴨なんてそんなに食べないじゃない」

「食べないですね。僕は、大学生になって初めて、だったような気がしますよ」

「ここで食べなかったの？　店で」

「はい。そばだと、やっぱり天ぷらとかにいっちゃってました」

「十代はそうか」

「居酒屋で鴨のくんせいとかを食べたのが初めてじゃないかな」

「基本的にはお酒のつまみだもんね」

「はい」

「ぼくもさ、そのときはそんなこと何も知らないで頼んだの。鴨と言ってるから鳥ではあるんだろう、肉ではあるんだろう、という感じで。それでいざ食べてみたら、おっと思ったよね。これまで食べてきた肉とはちょっとちがうなって。でも好きな味だった。おいしいな、と思ったよ」

「小四でそれはすごいですね。大人」

「それからは、来るたびに頼むようになっちゃって。じき母親が、忠道は鴨南蛮ね、なんて言うようになったよ」

「そんなに来てくれてたんですか」

「うん。近かったし」

「出前はやってなかったですしね、ウチは」

「そうだったね。でも家族でお店に食べに行くのも楽しかったよ。月に一度は行ってたんじゃないかな。土曜日か日曜日の夜に」

「そのころは、どうでした？　お客さん、いました？」

「うん。結構入ってたよ。土日だからかもしれないけど。外でちょっと待ったことも、あったんじゃないかな」

「へぇ。そうですか。自分の店ながら、うらやましい」

「それだけおいしかったってことでしょ」

「住宅地で、飲食店も少なかったですからね。ほかにあったのは、『寿司玄《すしげん》』ていうお寿司屋さんぐらいだし」

「そうそう。お寿司屋さんはあった。そこは出前もしてたよね？」

「してましたね」

「何度かとったことがあるよ。とれちゃうから、逆に、お店には行かなかったなぁ。そういえば、入った記憶がないよ。そのお店はまだある？」

「いえ。もうないです」

「やっぱりそうだよね。何度かちょっと歩いたけど、それらしきものは見当たらなかった」

「やってた人はまだ住んでますけど、家自体を建て替えちゃってるんで、もうわからないです」

「そういうことか。まあ、そうなるよね。時間が、経ってるもんな」

と、そんな具合。

木場さんがそばをすする合間に話をする。食事を中断させるのは悪いので、おれからは話しかけない。

木場さんは、本当においしそうに鴨南蛮を食べてくれる。自分がつくったものを食べてもらえるのはとてもうれしいことだが、食べるところを見てられるのはなおうれしいのだな、とあらためて思う。

「ぼくの父親はね、会社を興したの」

「起業をなさったんですか」

「うん。輸入雑貨の会社。初めはうまくいったんだよね。一年ぐらいで軌道に乗って、儲《もう》けもかなり出るようになったらしくて。それでみつばに家も買えたわけ」

「あぁ」

「でも、規模を一気に拡大しようとしたのかな。子どもだったからよくわからないけど、たぶん無理をしたんだね。何か、すごい損失を出しちゃったみたいで。それで一気に暗転。ほんと、あっという間だったよ。とてもじゃないけどおそばなんか食べに行ける感じではなくなっちゃって。それからは、毎日のご飯も、インスタントラーメンとか魚の缶詰とかそんな。

その缶詰も、親子三人で一缶とかね。ご飯を炊いて、おかずはそれだけ。でもあればいいほうで、最後は味付け海苔《のり》だけなんてことにもなってた。で、結局は家を売って、よそへ引っ越し。前に住んでたとこ以上に狭いアパートね。１ＤＫとか、そんなの。そこに三人。それからまたもっと安いとこへ引っ越し。さらに、引っ越し。そのときはもう夜逃げに近い感じだったよ」

「あぁ」とまた言ってしまう。

「高校ぐらいまではずっとそんなでね。その高校も、卒業はできなかった。父親が働くだけじゃなくて、母親もパートをいくつもかけもちしてがんばってくれたんだけど、その無理がたたって体を壊しちゃって。それで学校をやめて、ぼくも働いた。まあ、中卒だから大した仕事はないんだけど。そのころは、ほら、まだ高校の授業料も無償化してなかったんだね」

「あれは、僕が高校にいたころに始まりましたからね」

「あ、そう」

「はい」

授業料がタダになるって、すげえな。当時はそんなことぐらいしか思わなかった。あとは、公立高に行っといてよかった、とか。授業料が浮いた分、こづかい上げてくんないかな、とか。

「そのあとは、厳しかったよね。ただ暮らしていくこと自体が厳しかったよ。というそれはもう愚痴でしかないな。いや、ぼくも別にそんなことを言いたいわけじゃなくてさ。言いたいのはこっち。みつばにいたその四年ぐらいは、本当に幸せな時期だったんだよね。木場家として。だから、ここにはいい思い出しかないの。何というか、心のよりどころになってるみたいな感じでね」

「それで、来られてたんですか」

「うん、大人になって、どうにか生活も落ちついて。気持ちにちょっと余裕が出たら、来てみたくなった。それからは、こうやってたまに来るんだよね。だから居場所があったりするわけではないんだけど。この鴨南蛮もさ、みつばを出てからはずっと食べてなかったの。食べる機会がなかったわけでもないんだけど、何か、頼む気になれなくて。やっぱりいろいろ思いだしちゃうからさ。きついときによかったときのことを思いだしちゃうのは、よりきついからさ」

そうかもしれない。カノジョにフラれたあとに、うまくいってたときのことを思いだすようなもんだ。いや、それはちがうか。フラれてから何人かにコクって全敗したあとにそのカノジョのことを思いだすようなもんだ。いや、それもちがうか。おれ、発想が貧しすぎる。

「成人してからは一人で暮らすようになったけど、それまで以上にあちこちを転々としたよね。仕事を求める感じで。パチンコ屋とか、旅館とか。何せお金がないから、住みこみで働けるとこを探したの。一時期はさ、自衛隊に入ろうかと思ったこともあるよ。あそこは中卒でも入れるから。でも一応試験はあるんで、ちょっとは勉強しなきゃいけない。そこまではしなかった。どうにか悪の道に進まなかったことだけが救いかな。ぼくはこわいことが苦手だから、そもそもそういうのは無理なんだけど」

おれも絶対に無理だ。自衛隊も無理。その前に、住みこみで働くのも無理。いや、木場さんだって、無理は無理だっただろう。無理と言ってられなかっただけの話なのだ。

「でも二十代の終わりに今の会社に拾ってもらえてね。主にマーガリンをつくる食品会社。そこも会社の近くに独身寮があって、ダメだろうと思いつつ応募したら、入れてもらえた。ちょうど欠員が出たらしくてね。ぼくがぎりぎり二十代だったのもよかったみたい。入ってからはさ、もうこの先これ以上のところは絶対に見つからないと思って、必死に働いたよね」

「今もそちらにいらっしゃるんですか？」

「うん。幸い、クビにされたりすることはなかった。ひやひやは、ずっとしてたけどね。中卒だし、中途採用だし。切られる優先順位が高いだろうとはずっと思ってたから」

切られる優先順位。何とも言えない言葉だ。

「会社にはすごく感謝してるよ。ものすごくしてるね。でも、今も安心はしてないかな。会社を信用してないわけではまったくないけど、五十を過ぎちゃうと、またいろいろ難しくはなってくるから」

「あぁ」

「だから、定年までとにかくがんばるしかない。それでもさ、拾ってくれた会社には、ほんと、感謝しかないよ。おかげで結婚できたし、子も持てた」

「そうなんですね」

「うん。言っちゃうと、自分の子ではないんだけど」

「え?」

「妻の連れ子。血のつながりはないの。でも仲よくやってるよ。男の子だからそうできたのかな。いや、そんなこともないか」

それに関しては何も言えない。本当にわからないから。まったくの第三者でしかなく、自身結婚したこともないおれには、想像もできない。

「父親は十年以上前に亡くなってたんだけど、去年、母親も亡くなってね。その前からもう、みつばには何度も来てるの。でも母親が亡くなってからはさ、もっと来ちゃうんだよね。今日も、近くに来たからまた寄った。というか、わざわざ足を延ばした感じだね」

「来たら、町を歩くんですか?」

「そう。川沿いの道とか、町なかの道とかを。で、最後に家を見る」

「あ、住んでたお宅を」

「うん。来たときはいつもそうしてる。よそと変わらないごく普通の二階建てなんだけど。瓦《かわら》屋根の」

「あぁ。瓦屋根」

「それをごく普通とはもう言えないか」

「新しい家だと、そんなにないですもんね」

「そうだよね。だからこそ、見たくなっちゃうのかな。いいことではないと思うんだけど」

「いえ、そんなことは」

「よくないでしょ。いい大人がいつまでもそこにしがみついてるんだから。まずさ、あやしいじゃない、ぼくみたいな男が立ち止まって人の家をじっと見てたら。空巣の下見か何かだと思われるんじゃないかな。だから、立ち止まらないようにはしてるよ。家があるその通りだけゆっくり歩くの。それはそれでまたあやしいんだけど。ちょっと足が痛いようなふりもしたりして」

「その演技は、何か、いいですね」

「よくはないけどね。ぼく自身、そっちに気をとられて、肝心の家をちゃんと見てなかったりもするし」鴨とねぎの最後の一切れをセットで食べて、木場さんは言う。「母親が亡くなる前から、年に一度ぐらいは来てたの。でさ、その何度めかで気づいたんだけど。来るたびに表札の名前が替わってるんだよね」

「住む人が替わってるってことですか?」

「そう」

「何ですかね」

「ぼくも考えてみたんだけど。貸家になってるんじゃないかなと思って。ほら、よくそうなる貸家があるじゃない。家を建て替える人が一時的にそこに入居するみたいな。その感じになってたんじゃないかと思うんだよね」

「ありますね、そういう家」

「でもそれがさ、今日見たら、更地になってたんだよね」

「え?」

「家、壊されちゃってたよ。きれいになくなってた。こないだ来たときはあったんだけど。前回ここに食べに来たときね」

「どのぐらい前でしたっけ」

「一ヵ月前か。去年の終わりごろ」

「年末年始を挟むとしても、一ヵ月あれば、そうできちゃいますもんね」

「壊して片づけるだけだしね」

「はい」

「四十年前に建てられた家だから、ガタもきてたんだろうな」

「何家族もが入居と退去をくり返してたら、傷みも早いでしょうしね」

「あぁ、そうだね。でも残念だよ。壊されると知ったうえで、もう一度ぐらい見ておきたかった。って、ぼくのものでも何でもないんだけど」

「確かに、残念ですね」

「これでさ、みつばに来る理由がなくなっちゃったよ。新しくなった家を見ようとは、さすがに思わないもんね」

「そう、ですよね」

木場さんが丼の底に残ったそばを箸ですくい、すする。れんげでつゆを一口二口と飲む。そして箸とれんげを置き、おれに言う。

「今日もおいしかった。ごちそうさま」

「ありがとうございます」

おいしかった、もうれしいが、今日も、が本当にうれしい。

「悪いね。食べてるあいだずっと付き合わせちゃって」

「いえ」

「鴨南蛮、やっぱりいいね。いいそばだね」

「そうですね。考えだした人は偉いと思います。江戸時代の人、なんですかね」

「だとすると、鴨南蛮が生まれたのは、みつばなんて影も形もなかったころだ。まだ海の底だったころ」

「それから土を盛りに盛って、こうなったんですね」

「盛ったねぇ」

「盛りましたね」

「去年来たときにさ、このお店がやってることに気づいたの。もちろん、あることは知ってたんだけど。あれ、やってるのか？　と思って、入ってみた」

「たぶん、再開したてですね」

「始めたのはいつ？」

「去年の十一月です」

「じゃあ、本当に、したてだったんだ」

「だと思います。まさに再開なんで、新規開店の感じはまったくなかったかと。実際、新しくしたのは暖簾《のれん》ぐらいですし」

「鴨南蛮。みつばを出てからはずっと食べてなかったんだけど。このお店に入って、おしながきに鴨南蛮があったから、つい頼んじゃったよね。もう反射的に」

「だったら、よかったです、やることにして。正直、迷ったんですよ。なしでもいいかなぁ、とか、鶏南蛮でもいいかなぁ、とか」

「でも、鴨にしてくれたわけだ」

「はい。そこはやっぱり鴨だろ、と」

「よかったよ。鴨のことだけじゃなく、またこのお店をやってくれて。君がちゃんと継いでくれて」

「継いだというのとは、ちょっとちがうんですけどね。店としてのブランクはありますし、親父も、おれが店をやるとは思わないまま死んじゃいましたし」

「そうなの？」

「そうです。下手したら、おれの許可なしにやってんじゃねえ、くらい思ってるんじゃないですかね」

　言ってみて、思う。親父、マジでそう思ってるかも。

「何にしても、よかった」と木場さんが言う。「こうやって話せてよかったよ。おかげで、また食べに来ようと思えた。さっきはああ言ったけど、これでまたみつばに来る理由ができたよ」

親父に店を継げと言われたことはない。継がなくていいと言われたこともない。

要するに、何も言われてない。店の暖簾を守れ、みたいな押しつけがましいことを言う親父ではなかったし、鳴樹は鳴樹のやりたいことをやれ、みたいな青臭いことを言う親父でもなかったのだ。おれ自身、店の再開時に暖簾をあっさり替えちゃったし。

ただ、あるとき、親父はおれにこう言った。お前、そば打ってみるか？

おれが大学一年生のときだ。このみつばから都内水道橋《すいどうばし》にある大学に通ってたとき。

別に深い意味はなかったのだと思う。店を継がせるつもりなら、大学に行かせること自体なかったはずだ。だから、修業とかそんなのではなかった。おれも遊びのつもりでやった。そのときは大学でサークル活動もしてなかったからその代わりに、という感じで、親父にそば打ちを習った。その流れで、そばつゆのつくり方、さらには天ぷらやかつの揚げ方まで習った。

これはあとで母ちゃんに聞いた。親父はそば『笹原』をいずれは手打ちそばの店にしたかったらしい。鳴樹は筋がいい、と言ってもいたらしい。

どちらも聞いたのは、親父が亡くなってから。亡くなって一年ぐらいは経ってた。それでお父さん、本気になっちゃったんだねぇ、と母ちゃんは言ってた。それまでは継がせる気なんかなかったんだけど、鳴樹なら店をやれるかも、と思っちゃったんだと思うよ。

だからということだったのか、当時、親父はやけに厳しいことを言うようになった。継ぐ継がないに関しては何も言わなかったのに、そばに関してはあれこれ細かいことを言ってくるようになった。遊びのつもりでいたおれにしてみれば、何なんだ、という話だ。知らねえよ、という話でもあった。

で、ぶつかった。結構激しくだ。そばとか知らねえし、と、実際、おれは言った。店を継ぐわけでもないんだからどうでもいいよ、と。

店を継ぐ、との言葉を初めて口にしたのは、親父じゃなく、おれだったわけだ。継ぐわけでもない、すなわち継ぐ意思はないと表明する形で、いきなり口にしてしまった。

でもそれはしかたないだろう。おれは大学に行ってたのだし。就職が既定路線、と思ってもいたのだし。親父自身、やはり継ぐ継がないではなく、困ったときに役立つスキルをおれに授けておきたかっただけなのかもしれない。例えば会社でリストラに遭ってもどこぞのそば屋で即戦力として働けるように、とか。

そばのあれこれを親父に習ったのは、結局、半年ぐらい。おれはすでに、おしながきに載ってる多くのものをつくれるようになってた。が、どうでもいいよ宣言、を放ってからは、店に入ることはほぼなかった。

数ヵ月後にはバイトをした。大学の近くのコンビニとカフェでだ。コンビニは続かなかったが、カフェはそこそこ続いた。

で、就活を始め、どうにか内定をもらって、厨房機器販売会社に入った。

厨房機器。飲食店にある業務用の冷蔵庫とか食器洗浄機とか、そういうのだ。ちょっとは家の役にも立てるのではないかと思ってそこにした。そば『笹原』でも、その冷蔵庫をつかってたから。

その就職を機に、おれは実家を出て一人暮らしを始めた。

住んだのは、東京メトロ東西線《とうざい》の南砂町《みなみすなまち》にあるワンルームのアパートだ。駅から徒歩八分で家賃は六万円だから悪くなかった。

配属された中央営業所が同じ東西線の茅場町《かやばちょう》にあるので、そこにした。四駅。アパートから会社まで二十五分で行けた。大学へもみつばから通ってたぐらいだから会社へも通えたのだが、そこは自立を選んだ。と言えばカッコいいが。都内に住みたいというか、ちょっと家を離れたいような気持ちもあったのだ。

初めての一人暮らしはなかなかに快適だった。アパートから駅とは反対方向に十分強歩けば、有名な砂町《すなまち》銀座商店街にも行けた。おかずの田野倉《たのくら》という惣菜店でよくコロッケを買い、その場で食べた。五十円。安くてうまかった。そこのコロッケを全制覇したときに、これでおれもいっぱしの地元民、と思った。砂町銀座商店街を、砂銀《すなぎん》、と呼ぶようにもなった。

で、今から六年前。おれが働きだして一年ぐらい。まさに田野倉のコロッケを全制覇したころ。親父が亡くなった。心疾患。早かった。早すぎた。六十四歳。前期高齢者にさえ、なれなかった。

そば『笹原』は閉店した。その三ヵ月ぐらい前から閉めてたが、それで完全に閉めた。母ちゃんが一人でやっていくのは無理だったのだ。それまでも、親父の補助をしてただけ。母ちゃん自身に店をやる気はなかった。

だから、コロナの影響を受けたわけではない。コロナのせいで閉店した、というようなことではまったくない。六年前に亡くなったから、親父はコロナを知らない。自分が亡くなる数年後に世界がここまで混乱するとは、考えもしなかっただろう。

その意味ではよかったとおれは思ってる。親父がまだ生きてて店をやってたら、コロナで閉めるような形になってただろうから。まあ、そば屋閉店のきっかけとしてはそれもありなのかもしれないが。

で、今から一年前。母ちゃんまでもが亡くなった。コロナではない肺炎で、だ。六十五歳。前期高齢者になったばかりだった。

いきなりとは言わないが、あっさり。意味がわからなかった。コロナと言われたほうがまだ納得できたかもしれない。コロナはコロナとして死者を増やしただけ。それがなくても当たり前に人は亡くなる。そんなまさに当たり前のことにあらためて気づかされた。

五年が過ぎてようやく親父の死を受け入れられたと思ったら、今度は母ちゃん。気持ちはかなり落ちた。平均寿命から考えて、あと二十年は生きると思ってたのだ。

親父のときは、あぶないとなってからまだ時間があった。覚悟はできたので、泣かなかった。が、この母ちゃんのときは泣いた。久しぶりに涙が頬を流れる感覚を味わった。小学生のとき以来だ、そんなの。

だからあの木場さんが言ったことも理解できた。母親が亡くなって気持ちが揺れてしまうのは、大いにわかる。何だかんだで、男は母ちゃんが好きだ。それをマザコンと言うことに意味はない。みんなそうなんだから。

母ちゃんが亡くなったときにおれがいたのは千代田《ちよだ》営業所。中央営業所からはもう異動してた。でもそこも南砂町から楽に通えたので、アパートを移ったりはしてなかった。

中央営業所にいたのは三年。千代田営業所にいたのも三年。会社はだいたいそのスパンで人を動かしてた。

だから、おれはちょうどまた異動する時期だった。東京の販売会社なので、都外に出ることはない。ただ、西のほうに行く可能性はあった。八王子《はちおうじ》とか、町田《まちだ》とか。もちろん、行かない可能性もあった。まだ異動にならない可能性だってあった。

おれは考えた。その末に、六年勤めた会社をやめ、南砂町のアパートも出て実家に戻った。

それは、自身、驚きの決断だった。会社がいやになったわけではない。仕事に恵まれなかったとか人に恵まれなかったとか、そういうことではない。が、何か、やめようと思ってしまった。本当に、何か、としか言いようがない。

きっかけは、アパートの更新。それは二年ごとで、おれは六年住んだ。だから三度めの更新の時期だったのだ。

おれもすでに二十八歳。三度めはない。そろそろワンルームを脱してもいい。脱さなきゃいけない。そう思ってた。

が、そこで。母ちゃんが亡くなって無人になった実家もどうにかしなきゃいけないのに、新たにアパートを探すのか？　そうも思った。

で。実家に戻ればとりあえず解決する。あれこれ立て直せる。そう思いついてしまった。

初めは、多少は遠くても実家から会社に通う、というだけのつもりだったのだが。立て直す、のなかには会社をやめることが含まれてもいい。親父と母ちゃんが家とそれなりの額の保険金を遺してくれたのだから、三十が見えてきたここで一度立ち止まってみるのもいい。そうも思いついてしまった。

そしてやっと気づいた。会社がいやになったわけではない。それは確かだが。最後までこの会社でいいのか？　とおれは思ってもいたのだ。と。

三十を過ぎてからではもう遅い。動くならやっぱ三十前だろ。そう判断した。

六年前に親父が亡くなったあと。初めて、今後母ちゃんにも何かあったら家を売るべきかもな、と思った。亡くなりはしないまでも、施設に入るようなことになったら、だ。

でもそんなことにはならなかった。母ちゃんは予想を遥《はる》かに超えて早く亡くなり、家は売らなくてすんでしまった。何なら、おれの財産、みたいになってしまった。

気持ちが落ちついてくると、今度は、やっぱ売るべきなのか？　と思った。おれ一人で住むような家ではないのだ。まず、下半分は店だし。でも売るなら、家は自費で壊し、更地にして売るしかないだろう。旧木場さん宅がそうなってしまった、更地だ。

ネットで調べてわかった。家の解体費用は結構かかるらしい。大きさや構造にもよるようだが、二百万円とか三百万円とか。

土地を売るために三百万。ウチは耐震絡みで一度改築もしてる。今後すぐにダメになる家でもないのに、それを壊すために三百万。

というそのことがいい理由にもなった。家を売らない理由、だ。

そう。そのときにはもう、おれは家を売りたくなってた。自分が住んだ家であるだけでなく、親父も母ちゃんも住んだ家。三人で住んだ家なのだ。それこそ木場さんと同じ気持ちになったということかもしれない。

親父と母ちゃんが建てた家。そこで始めたそば『笹原』。それを、なくす？　親父も母ちゃんも亡くなったから、壊す？　おれが？

それからはさらにいろいろ考えた。考えるうちに、気持ちは少しずつ動いていった。自身、予想もしなかったほうへだ。

店、やれないよな。初めはその程度だった。すぐに、やれるわけない、と打ち消した。やれないよな。やれるわけない。それを何度もくり返すうちに、やれるわけないってこともないんじゃないのかな、となってきた。

だって、店をやるのに調理師免許が必要なわけじゃないしな。食品衛生管理者の資格があればば開業はできるしな。調理師免許はあとからとることもできるしな。

そば屋の息子だから、おれもそのくらいのことは知ってるのだ。

ちなみに、親父は調理師免許を持ってた。そば『笹原』を始める前、二十代半ばのときにとったのだ。よその店で二年以上の実務経験を積み、調理師試験に受かって。

で、ウチにはすでに店がある。箱が用意されてる。それはデカい。やろうと思えば案外簡単にできる。おれでも。

これは店をやるやらないに関係ない。少し前から思ってた。

コロナがひどかったころは、デリバリーが隆盛だった。自前で手段を持たない飲食店も、業者をつかうことで宅配ができるようになった。実際、その時期、町は配達員であふれてた。都内は特にそう。一日に一度も配達員の姿を見ないことはなかった。

コロナが少し収まると、デリバリーも少し落ちついた。いい意味で、まさに落ちついた。今はもうデリバリーそのものが広く受け入れられた感じがある。

そしておれは気づいたのだ。デリバリー。要するに、出前じゃん。

で、コロナが少し収まってくれたから思ったのだ。そば屋、やれんじゃね。

それがやがてはこうなった。そば屋、やるしかないんじゃね。

おれは経済学部の出。いたのは産業経営学科。経営学や会計学の授業もあった。成績はよくなかったが、一応、単位はとれてたわけだからどうにかなるだろう。と、そこは軽く考えた。無理やり。

自身、南砂町に住んでたときに何度かデリバリーを頼んだことがある。割高だが食いたいものが食えるから便利だよな、と思った。

そば屋から出前をとったこともある。そのときに、そば屋の出前はいいな、と思った。ほかのデリバリーよりずっといいな、と。おれはそれまでそば屋の出前をとったことがなかったのだ。そば屋の息子だから。

そば屋の出前は何故いいのか。考えてみた。

はっきりと、わかった。あぁ、そうか、店の丼で食べられるからいいのか。

それだけ？　と思われるかもしれない。おれは自信を持って言う。それだけ。でもそれがデカいのだ。

これは本当にそう。今は例えばイタリアンやフレンチの結構な人気店でもデリバリーを頼める。食えばうまいと思う。でもそこまでの満足感はない。何故か。たぶん、容器がデリバリー用のそれだから。回収しなくてすむつかい捨てのものになってるからだ。

ちゃんと店の丼で食べられる。それだけで味は変わる。感じ方は変わる。人の味覚なんてそんなものだ。うまいかうまくないかは、舌だけが決めるわけではない。

そして人が出前をとる理由は様々。小さな子どもがいて店に食べに行けないから。自身が高齢者で店に食べに行くのは面倒だから。シンプルに。雨だから。寒いから、または暑いから。だとすれば、需要はなくならない。小さな子どもがいなくなることはないし、高齢者がいなくなることもない。雨が降らなくなることもないし、寒くも暑くもならなくなることもない。

で、ここ蜜葉市みつばは住宅地。今のところ、出前をするそば屋はない。いけるのではないか。

心は決まった。おれは日本語を覚えたての外国人、というよりは宇宙人のような棒読み口調で言った。おれ、そば屋、やる。

それで気持ちが楽になった。胸のつかえがとれたように感じた。

結局、頭の隅にずっとそば屋はあったのだ。考えないようにしてただけで。そうでなかったら、いやになったわけでもないのに会社をやめない。立て直すとか、言わない。

そうと決めたら動くだけ。実際、おれは動いた。食品衛生管理者の資格をとり、すでにある各厨房機器を点検した。会社にいたときの経験を、そこでは少し活《い》かせたわけだ。

ほとんどのものはそのままつかえた。調理器具や丼も同様。それらはただ丁寧に洗うだけでよかった。あまりきれいにならない鍋《なべ》や縁が欠けてる丼のみ買い替えた。

それからメニューを検討した。

麺をどうするか。初めにそこを考えた。いきなり手打ちは無理。親父にやり方を習っただけで、店で出せるレベルには到底達してない。だからそれはなし。製麺所の麺でいい。まずは利便を追求。いや、利便だけでもない。癖がある手打ちの麺より製麺所の麺のほうが好きな人も一定数いるのだ。おれの個人的な感覚で言えば、半分はそうかもしれない。

メニューの種類も多くはしない。最低限の定番ものをそろえ、味を整える。増やすのはそれからでいい。開店後、お客さんの反応を見てからでいい。

ということで、いろいろ試してみた。具体的には、つくってみた。半年とはいえ親父に教わったあれこれを思いだして。

大事なのはやはりつゆ。出汁《だし》と返し。出汁は、鰹節《かつおぶし》の薄削りに厚削りを加える。返しは、濃口醤油《しょうゆ》とみりんにたまり醤油も加える。それぞれの分量を少しずつ変え、おれが一番うまいと思えるところに決めた。

天ぷらもかつも、サクッと揚げられるよう何度も練習した。天ぷらは、衣にいくらか厚みを残した。ボテッとはしない程度にだ。天ぷら屋の天ぷらではないから、そこまで衣を薄くする必要はない。そばに載る天ぷらの衣には、むしろつゆを吸ってほしい。

そして店名。これを変えるつもりはなかった。そば『笹原』のままいくつもりでいたのだが。

親父の代からよく、笠原《かさはら》、とまちがわれた。店名に限らない。学校なんかでも、初めて会う相手がおれを笠原くんだと思ってしまうことがよくあった。笹原も決して少ない名字ではないが、笠原には負けてしまうのだ。

だから思いきって、ひらがなに変えた。そば『ささはら』だ。ちょっと軽くなる感じもあるが、読みまちがわれるよりはいい。その軽さは、よくも悪くもおれ自身の軽さ。そうとらえることにした。

暖簾を替えたのは、その意味でだ。文字が変わってしまったので、替える必要があった。

その色は迷ったが、シンプルに、紺地に白文字、にした。横書きで、ささはら。その左上にやや小さく、そば。それが一番そば屋らしい感じがした。緑色や茶色にも惹《ひ》かれたが、最後はそこに落ちついた。

そば『ささはら』。営業時間は、十一時から十四時と、十七時から二十時。十四時から十七時は午後休憩ということで一度閉める。定休日は火曜。そこはかつてのそば『笹原』を踏襲した。

実際、火曜以外に親父がおれの学校行事に参加するようなことはなかった。授業参観とか運動会とか、そういうのにはいつも母ちゃんだけが来た。

逆に、中学生のころ、授業参観が火曜になってしまったときはおれ自身があせった。まさか親父来んのか？　と思ったのだ。来なかった。やはり来たのは母ちゃんだけ。おれが来てほしがってはいないと、親父もわかってたのかもしれない。

そんなふうに店のあれこれを決め、最後に残ったのが人の問題。従業員をどうするか、だ。

親父には母ちゃんがいた。出前はしなかったので、二人でもやっていけた。おれの世話をしながら母ちゃんが店を手伝う、という形でどうにかなってた。

出前もやるこれからはそうはいかない。一人ではきつい。というか、無理。親父にとっての母ちゃん、がおれにはいない。少なくとも一人は雇わなきゃいけない。そばはおれがつくるから、出前に出られる人を。

パートタイムでは厳しい。定休日以外の営業日は常にいてくれなければ困る。コンビニやカフェみたいに、週二、三日から可、というわけにはいかない。

難しいのはここ。午後休憩があるとこだ。十四時から十七時は店を閉める。夜営業の仕込みとか、おれにはやることがあるが、もう一人にはない。そこはおれだけで充分。いてもらう必要はない。というそれがまたネックなのだ。午後二時に、はい、おつかれ～、五時にまたよろしく～、となってしまうわけだから。そんな雇用形態に対応できる人は、普通、いない。となると、週三日ずつにして二人雇うべきなのか、昼と夜で二人雇うべきなのか。

うーむ。

と、おれが悩んでるところへ女神が現れた。

女神。結構近くにいた。笹原家と同じブロックにいたのだ。

ウチの四軒隣に住む勝呂《すぐろ》小枝。じゃなくて、杉戸小枝。

小枝自身が結婚して杉戸になったのではない。小枝の両親が離婚してそうなった。何年か前に母ちゃんに聞いて知った。

家が同じ並びなので、昔から、小枝と道で出くわすことはよくあった。このときもそうだった。

店の前でおれが引戸の窓拭《ふ》きをしてると、小枝が通りかかった。

「あ、小枝じゃん」とおれは言った。

「あぁ、鳴樹くん。帰ってたんだ？」

「まあ」

「何、お掃除？」

「うん。久しぶりに」

小枝とは、この数ヵ月前に会ってた。母ちゃんの葬儀でだ。

それは四葉にあるセレモニーホールでやった。家族葬にしようか迷ったが、一般葬にした。ウチは店だったから、近所にそこそこ多くの知り合いがいたのだ。来てくれる人は来てほしかった。というか。来てくれなくてもよかったが、行くと言ってくれる人を拒みたくなかった。

小枝と母親の房乃《ふさの》さんも来てくれた。そのときに、二人が杉戸になってたことをあらためて聞いた。

表札を杉戸に替えたりはしてない。でも郵便屋さんや宅配業者さんを混乱させてしまうので、勝呂の表札は取り外した。

というそれは、小枝が話してくれた。香典をもらう際には記帳もしてもらう。杉戸、と書く房乃さんの隣で、小枝が説明してくれたのだ。

小枝はおれより五歳下。同じブロックに住んでるから、通ってた小学校も中学校も同じだ。みつば東小とみつば北中。

小学校で一年だけ重なった。四葉の畑で一緒にさつま芋《いも》掘りをした記憶がある。東小の徒歩遠足で行ったのだ。六年生が一年生の面倒を見る、みたいなことで、一緒に掘った。

その前から知ってはいた。でもそのときに初めてはっきり、あぁ、これが勝呂さんちの小枝ちゃんか、と思った。

　小枝はかわいかった。いや、別に変な意味じゃない。小学六年生も子どもだが、その六年生から見ても一年生は子どもだ。六年生が五年生を見たら、生意気だ、とわけもなく思ったりするが、一年生を見てそうは思わない。単純に、かわいいな、と思う。その、かわいい。

　小枝は家族で店にそばを食べに来てくれた。近いからほんと便利、と房乃さんがよく言ってた。

　三人で来てたので、小枝の父親である勝呂雅彦《まさひこ》さんのことも知ってる。トレーラーに連結する車なんかをつくる会社に勤めてた。そういうのを、特殊車両、と言うのだ。その言葉が印象に残ってるので、覚えてる。

　勝呂家の三人は仲がよかった。そのころの房乃さんと雅彦さんに離婚しそうな感じはまったくなかった。わからないもんだ。まあ、他人にわかるはずもないが。

　で、店の前で会ったこのとき、おれは小枝に言った。

「またやるんだよ」

「ん？」

「店」

「え、ほんとに？」

「うん」

「鳴樹くんがおそばをつくるの？」

「そう」

「つくれるの？」

「つくれるよ。ちょっとは親父に習ったから」

「そうなんだ。あ、でも会社は？」

「やめた。もうここに住んでもいるよ」

「店をやるために会社をやめたの？」

「そういうわけでもないな。会社をやめたから店をやることを思いついた感じか。といっても、いざとなったら店をやる、くらいは思ってたはずだけど。自分でも、どっちが先かよくわかんないわ。とにかくやることにした。だからこうやって、お掃除」

「そっか。お店、やるのかぁ」

「やれんのかって話だけどな。小枝は今、何やってんの？　仕事帰り？　にしては早いか。今日は休み？」

「わたしもやめた。仕事」

「あ、そうなんだ」

「何やってたか、鳴樹くん、知ってたっけ」

「いや」

母ちゃんの葬儀のときも、そこまでの話はしなかったのだ。何せ、葬儀だから。

「服を売る会社にいた。衣料品販売会社。正社員じゃなくて、パート社員だけど」

「へぇ」と言ったあとに、思いだす。「あれっ、でもそういえば」

「何？」

「製菓学校、に行ってたんじゃなかったっけ。前に母ちゃんにそう聞いたような」

「行ってた。でも卒業はしてない。授業についていくだけで精一杯だったし、自分に能力がないこともわかったんで、やめちゃった」

「何年で？」

「一年半、かな」

「そもそも何年制なの？」

「わたしがいた洋菓子科は二年制」

「じゃあ、あと少しだったんじゃん。もったいないな。って、おれが言うことでもないけど」

「何か、いろいろいやになっちゃって。洋菓子以外のことでも」

「っていうと？」

「人間関係とか」

「あぁ。それは、まあ、どこにでもついてまわるからな」

「そのあとバイトをして、バイトよりはもうちょっと上のパート社員ていう形でその会社に採用されたんだけど。結局やめちゃった」

「そこは、何年？」

「二年弱かな」そして小枝は言った。「何だろう」

「ん?」

「あっちもやめてこっちもやめて。わたし、何か、ダメ〜な感じになっちゃってる」

「そんなことはないだろ。まだ二十、えーと、四?」

「今はね。次で五になるよ。四捨五入したら三十」

「いや、おれが次で三十なんだから、勝手に四捨五入して追いつくなよ」

「勝手に四捨五入」と小枝は笑った。力なくだ。

それから近くに住む友だち寺坂桃衣《てらさかももい》の話をした。

「桃衣なんてさ、大学に行って、語学留学もして、ホテルに入って、今は銀座《ぎんざ》で働いてるよ。ウェディングの企画とか、そういうのをやらせてもらってるみたい。英語もペラペラ。小学校中学校と一緒で同じことを習ってきたはずなのに、月とすっぽんだなぁ、と思う」

「小枝がすっぽん?」

「そう」

「いいじゃん。すっぽん」

「何でよ」

「何か、かわいいし、うまいし」

「わたし、食べたことないよ」

「おれも一度しかない」

「おいしかった?」

「と思う」

「思うじゃダメじゃん。そんなでもないってことでしょ」

「いや、食ったときはもうかなり酔ってたから、味をよく覚えてないんだよ。もしかしたら、食ったこと自体、幻だったのかも」

「何それ」

「でもすっぽんならいいだろ。一応、高級食材だし」

「じゃ、言い換える。桃衣とは雲泥の差。雲が桃衣で、泥がわたし」

「その泥のなかにいるすっぽんかも」

「だから何それ」とまた小枝が笑った。今度は力なくでもなく。

「泥が付いてもすっぽんはすっぽんだよ。腐っても鯛《たい》。泥まみれでもすっぽん」

なおも呆《あき》れたように笑い、小枝は言った。

「製菓学校をやめなきゃよかったと思うこともあるけど、続けててもダメだっただろうなと思うこともあるよ。確かに、人間関係はどこに行ってもあるしね。前の会社でもあったし」

「極端なことを言えば、人が二人いるだけで、何らかの関係はできちゃうからな。何も話さなくたって、話さない人同士という関係はできちゃうし」

「製菓学校の同期にね、メリサって子がいたの」

「メリサ。アニメのキャラみたいだな」

松永芽梨沙《まつながめりさ》、だそうだ。ちゃんと人間。

「今は都内の有名なパティスリーにいるみたい。すごく優秀なの。何やらせてもうまかったし、早かった。オリジナルのケーキのアイデアなんかも抜群。圧倒的に一番。みんながそれを認めるしかない。そのうえ、容姿もすごくいいの。もう、芽梨沙様って感じ」

「へぇ」

「でも人としては、こんなこと言っちゃいけないけど、最低。そう言っちゃう自分がほんとにいやになるけど、最低」

「それは、例えばどんなふうに?」

「ほかの子がつくったケーキをこき下ろしたり、その子自身のこともこき下ろしたり。それを、そこまで?　って周りが思っちゃうくらい徹底的にやったり。でも先生の前ではやらなかったり」

「あぁ」

「あとは、ほかの子のカレシを誘って自分になびかせておいて、フったり」

「あらら。そっち方面も」

「そう。洋菓子と関係なし。もうね、そのカレシを自分が好きになったからやるんじゃないの。ほかの子とそのカレシを別れさせるためにやるの」

「それは、何で?」

「楽しいから。そんなふうに自分が人を操れることが、楽しいんでしょうね」

「女王だ」

「そう。ほんとにそれ」

「でもケーキをつくるのはうまいわけだ」

「うまいの。そこはダントツ。ただね」

「うん」

「わたしはもう、芽梨沙がつくったケーキをおいしいとは思えなくなった。つくってる芽梨沙のことを知っちゃってるから」

「そう、なっちゃうか」

「でもわたしがおいしいと思えないだけで、おいしいことは確かなの。でね、別にそれでいいの」

「どういう意味？」

「食べる側がつくる側の人を知ることはないし、知る必要もないから。たとえ有名なパティシエになったところで、すごく冷徹だなんてことまでは知られない。知られたとしても、具体的にどんな感じかまでは伝わらない」

「まあ、それもそうだな」

「でも自分が芽梨沙に対してそう思ったことで、自分がそう思われることもあるんだと気づいた。わたしだって、芽梨沙ほどいやな子ではないはずだと自分で思ってるだけで、いい子なわけではまったくないし。というか、今ここでこうやって無関係な鳴樹くんに芽梨沙の悪口を言ってる時点でアウトだし。そんなふうに考えたら、自分には無理だと思った。悟った」

「悟った」

「というそれをやめる言い訳にして、やめたの。いい子なわけではまったくないとか言いながら、ちょっとはいい子のふりして。こう言ってる今だって、やっぱりいい子のふりはしちゃってるもんね。こう言ってるけど実はいい子、みたいに思わせようとしてると、鳴樹くんも感じるでしょ?」

「うーん」

「でも結局は人の悪口を言っちゃってるんだから、ダメだよね」

「おれに言う分にはいいだろ。おれはまさに無関係で、女王芽梨沙のことは知らないんだから。何も影響はないよ」

言いながら、思った。

確かに、おれのことを嫌いなやつはおれがつくるそばなんて食いたくないだろう。で、実際、おれのことを嫌いなやつもいるだろう。中高生のころのおれは、悪いガキではなかったが、いやなガキではあったはずだから。

「ヤバい。久しぶりに会った鳴樹くんに愚痴の嵐。闇を見せちゃったね」

「そんなのは誰にでもあるよ。おれにだってあるし」

「まあ、わたしのことはいいよ。お店再開、楽しみ。それ、わたしのお母さんは知ってるのかな」

「知らないと思うよ。まだこの辺の人には言ってないから。言うのはこれが初めてだよ」

「初めてがわたしでいいの？」

「いいよ、別に。そんな大したことじゃないし」

「じゃあ、お母さんに言っていい？」

「うん」

「始まったら、また食べに来るよ。子どものころも、よく来たなぁ。お父さんは天ざるで、お母さんは天丼で、わたしは天ぷらそば。で、冬は誰かが鍋焼きうどん。勝呂時代、懐かしいよ」

「時代って言うなよ」

「平成が終わったと思ったら、直後に勝呂時代も終わり」

「そのころだったんだ？」

「そう」

「小枝は、何、親父さんと会ったりしてんの？」

「会わないよ。もう二十四だし。そうじゃなくても、浮気した父親とは会わない」

「浮気、なのか」

「そう。五十代で浮気。ほんと、しょうもない理由。何だかウチ、みんなしょうもない。お父さんお母さんはそれだし、わたしはこうだし」

「少なくとも、お母さんはしょうもなくないだろ」

「どうだろう。お父さんを許さないは許さないでいいけど。我慢するという選択肢もあったんじゃないの？　って、今はちょっと思う。だってさ、お母さん自身、五十代だよ。再婚なんて簡単にはできないよ。まあ、するつもりもないだろうけど。実際、わたしも、あのときは、離婚すれば、くらいのことは言っちゃったし」

「言ったんだ？」

「言った。まだ十代だったから。浮気とかほんとに気持ち悪いって思ったし」

十代なら、言っちゃうか。五十代で浮気した父親。娘から見れば最悪だろう。

というそのあたりで、会話も一段落。そろそろお別れのタイミング。

おれは考えた。その場で。

実は、小枝が会社をやめたと聞いた数秒後にはもう思いついてた。が、まさかな、とも思ってた。話してるうちに、それが変わってきた。

「小枝さ」

「ん？」

「ウチに食べに来なくていいよ」

「どうして？」

「食べに来るんじゃなくて。ウチで働かない？」

とりあえず、言ってみた。言ったからには、説明した。

人が一人ほしいこと。定休日以外は出てほしいこと。だから週六になってしまうこと。ただ、午後は一度店を閉めるので、そのあいだは家に帰ってもらってかまわないこと。近いからそれはいいんじゃね？　と今まさに思ったこと。製菓学校に行ってた小枝ならすぐにでもそばをつくれるようになるであろうこと。そうなってくれたらおれが出前に出られ、ムチャクチャいい感じに店がまわること。今こうやって話しながら、それマジでベスト、と思ったこと。

「本気で言ってる？」

「本気で言ってるよ。マジで、お願い」

「じゃあ、考えてみる」と小枝は言ってくれた。

そして翌日。四軒離れたウチに来て、言った。

「やる」

店ではいつも制服を着てる。制服というか、ユニフォーム。紺色の作務衣《さむえ》っぽいやつだ。暖簾と色をそろえた。白でもいいかと思ったが、汚れが目立つので、そちらにした。

コロナが少し収まった今も、マスクは着ける。飲食店員だから、店にいるときや出前に行くときは必ず。

ただ、笹原鳴樹個人として動くときは、もう着けない。去年の終わりからそうなった。もうすでに多くの人たちがマスクを着けなくなってたが、おれが着けなくなったのはそのころ。

きっかけは、ペコちゃんだ。

おれがよく行く駅前の大型スーパーに不二家がある。ケーキなんかを売ってる洋菓子の不二家だ。不二家だから、ペコちゃんもいる。店のわきに立ってる。コロナがひどかったころは、その人形のペコちゃんもずっとマスクを着けてた。

おぉ。マスクペコちゃんもかわいいな。でも確かにペコちゃんはコロナにかかってほしくないな。苦しむペコちゃんは見たくないな。そう思ってたのだが。

あるときふと、ペコちゃんがマスクを着けてないことに気づいた。いつ外されたのかはわからない。おれが気づかずにいただけ。もっと前から外されてたのかもしれない。

で、気づいたあとにこう思った。そうか。もうマスクを着けなくてもいいんだよな。三年以上着けてたから、あまりにも当たり前になり、外すタイミングを失ってたのだ。でもそこでやっと外した。ペコちゃんのおかげだ。

そのお礼というわけでもないが、次に大型スーパーに行った際、久しぶりに不二家でケーキを買った。

一つだけのつもりが、並べられた現物を見たらあれもこれも食いたくなった。迷いに迷って、苺のショートケーキとマロンモンブランに決めた。

迷いに迷ったわりには無難なチョイス。いつもケーキを食ってるわけではないからしかたない。いつも食ってるわけではないやつがいざ食うとなると、どうしても、知ってるものを食いたくなるのだ。だから定番ものは強い。

家に帰ると、すぐに食った。二個一気にだ。やっぱケーキうめえな、不二家うめえな、と思った。

親父はそうでもなかったが、母ちゃんはケーキが好きだった。たまには自分でつくったりもした。出来は、普通だった。普通の人がつくった普通のケーキ、という感じ。それなりにうまかったが、不二家のようにはいかなかった。

とにかく、コロナが少し収まってよかった。新株出現とか第何波発生とか、そういうのはもうマジでやめてほしい。

ひどかったときは本当にひどかった。それで閉業に追いこまれた飲食店も多かった。あの感じが続いてたら、さすがにおれも店をやろうとは思わなかったはずだ。といっても、まだ安心はできない。またあんなことにならないとは限らない。

と、そんなふうに去年のことを考えてたら、引戸が開き、店にお客さんが入ってくる。

五十すぎの男性。益子《ますこ》豊士《とよし》さんだ。木場さん同様、何度か来てくれたので、ちょっと話した。だからその名前と四葉に住んでることは知ってる。

「いらっしゃいませ」

「どうも。まだだいじょうぶ?」

「はい。どうぞ」

「二時までだよね?」

「過ぎちゃってもいいですよ」

「よかった。ごめん」

益子さんがテーブル席に着く。

おれはお冷やを出す。

「あのさ、あったかいとろろそばは、できるんだっけ」

「できますよ」

「じゃあ、それ、お願い」

「はい。今日は天ぷらでもかき揚げでもないんですね」

「うん。昨日飲みすぎちゃって。飲みすぎたおっさんに揚げものは重いから。二日酔いを醒《さ》ますそうと思って、今日も歩いてきたよ」

「四葉からですよね？」

「そう。そしたらこの時間になっちゃった。飲みすぎたおっさんは歩くのも遅くなることを学んだよ。その代わり、酔いは醒めたし、腹も減った。で、歩いてる途中で、とろろそばを思いついた」

「じゃあ、すぐつくります。月見とろろとかにしなくていいですか？」

「あ、月見かぁ。卵。うん。それはいいね。そうして」

「わかりました。あったかい月見とろろそば。お待ちください」

益子さんはそば好きだ。

私鉄の四葉駅前にあったそば屋『後楽庵《こうらくあん》』でよく食べてたという。でもそこが閉店。その後みつばでウチが開店したことを知り、食べに来てくれるようになった。歩いたら三十分かかるのに。いい運動になると言って。

『後楽庵』が閉店したことは、おれも知ってた。それはそうだ。自分でそば屋をやるんだから、近くに競合店がないかぐらいは調べる。

前からそこに店があることも知ってたが、閉まったのは、調べたそのときに知った。申し訳ないが、チャンス、と思ってしまった。開店の後押しを、してもらった。

実際にこうして四葉から益子さんが来てくれてるのだから、チャンス、の判断はまちがいではなかったということだろう。まあ、三十分歩いて来てくれる人、は特殊な例とも言えるが。

小枝がすってくれた真っ白なとろろをかけそばに載せ、最後に生卵をぽとり。できあがった月見とろろそばを、小枝が益子さんに届ける。何故かおれもついていく。

「お待たせしました」と小枝が言い、

「とろろ、気持ち多めにしときました」とおれがかぶせる。

「おぉ、うれしいよ。二日酔いから復活したばかりのおっさんでも、とろろは食える」

「でもこう見えてお芋だから、意外とお腹にたまりませんか?」と小枝。

「あぁ。それはあるかも」と益子さん。

「じゃあ、余計なことをしちゃいましたかね」とおれ。

「いや、だいじょうぶ。ありがたく頂くよ。とろろは好きだから。じゃ、いただきます」

益子さんはさっそく食べはじめる。

ごゆっくり、と小枝は厨房に戻るが、おれはその場に残る。益子さんが来てくれたときはいつもそんな感じなのだ。ほかにお客さんがいなければ、ちょっと話をする。こないだ木場さんとそうしたみたいに。

「この店でこう言うのも何だけど、『後楽庵』がなくなったのは、四葉の住人として痛いよ。さすがにいつもみつばまでは来られないし」

「そうですよね」と返す。

「あそこが閉店したから、四葉の駅前は牛丼屋の一択になった」

チェーン店の牛丼屋だ。そこにはおれも行ったことがある。

「やっぱりコロナのせいなんですかね」と言ってみる。

「それもあるだろうけど、親父さんがもう歳だっていうのが一番だったみたいね。知ってる？　親父さん」

「いえ。食べに行ったことはないので」

「おそば屋さんがよそのそば屋に行かないか」

「行かないこともないですけど。『後楽庵』さんは、たまたま、ないです」

益子さんはその親父さんのことを教えてくれた。藤倉克夫《ふじくらかつお》さん。よく話してたらしく、名前どころか年齢まで知ってた。

「七十五歳。いや。店を閉めたときでそれだったから、今はたぶん七十六か」

「そんなになられてたんですね」

今七十六だとすれば、おれの親父より六歳上だ。

もし生きてたら、親父はちょうど七十歳。まだ店をやってたのか。それとも、やはりコロナで閉めてたのか。

「でも、そうか。『後楽庵』に行ったことはないか」

「はい」

「おれみたいに四葉からみつばに来ることはあっても、わざわざみつばから四葉には行かないか」

「そうですね、あまり。たまにハートマートに行くぐらいですかね」

「みつば駅前にデカいスーパーがあるのに？」

「ほんとにたまにですけど、行きますよ。あっちのほうが微妙に安かったりするんで」

「あぁ、そうかもね。それはおれも感じるわ。ものにもよるけど」

「はい」

「『後楽庵』が何でその名前になったかは、知ってる？」

「いえ」

「何でだと思う？」

「わかんないですね」

「親父さんが巨人ファンだったから」

「そうなんですか?」

「そう。ほら、今は東京ドームだけど、昔の本拠地は後楽園球場だったの。それは知ってる?」

「名前ぐらいは」

「その後楽園球場が壊された年にちょうど店を始めたらしいんだよね。親父さんは球場に試合を観に行ったりもしてたから、後楽園の名前がなくなるのは惜しいってことで、そうしたの。『後楽庵』。そのまま『後楽園』だと中華屋と勘ちがいされるんで、それ。庵ならそば屋っぽいってことで」

「球場が壊された年って、何年ですか?」

「昭和六十二年、じゃなかったかな。西暦で言うと、二十五足して、えーと、一九八七年、か」

「藤倉さんが店を始めたのもその年ということですか」

「うん。だから、何年前だ?」

「三十七年前、ですか。すごいな。続きましたね」

「親父さんが今七十六だとして、そのときは三十九か」

「そう考えると、そんなに早く始めたわけでもないんですね」

「そうだね。ぎりぎり三十代のうちに始めたい、みたいなことだったのかな」

ならおれはそれより十歳若い。その情報だけで、ちょっと力が湧く。三十七年店をやったとしても、おれはまだ六十六歳だ。親父が亡くなった歳をやっと超えたあたり。といって、店が三十七年続くとはとても思えないが。

三十七年後のみつば。どうなってるのか。今住んでる人たちの三割四割が亡くなり、空家だらけのゴーストタウンになったりしてないのか。そのなかでウチは意外にも続いてて、フルオートAIそば『SASAHARA』とかになってたりして。店主のおれはもう死んでるのに、それに気づかないAIがそのまま営業してたりして。

とろろを絡めたそばをズスッとすすり、益子さんが言う。

「四葉にマンションができたら、そば屋もできてくれないかな」

「あぁ。どうなんでしょうね」

「マンションができるできると何年も前から言ってるわりにできないけどね。何だろう。地権者の問題でもあるのかな。それとも、コロナで計画が中断したのかな」

「そば屋もできちゃったら、ウチは痛いですよ」

「四葉なら関係ないでしょ。ここの人が、わざわざ陸橋を渡って食べには行かないよ」

「だといいですけど」

「四葉にマンション。できたとして、売れんのかね」

「みつばでも、最近、空家がちょこちょこあったりしますからね」

「あ、そう。それは、何、マンションじゃなくて一戸建てでもってこと?」

「はい。出前のときにバイクで走ってると、いくつか見ますよ。全部の部屋の雨戸が閉まりっぱなし、シャッターが下りっぱなし、になってるお宅とか」

「でもそれで空家かどうかは、わからなくない？」

「庭とかの感じでわかりますね。草が生えちゃってたりするんで。人が住んでるならこうはしとかないだろうなって思います。塀より背の高い草が生えちゃったりもしてますからね」

「みつばでもそうなるのか。そんな家、四葉には多いけどね。緑が多くて、ほんとに草ぼうぼうになっちゃうから」

「人が住まない家って、結構すぐにそうなりますよね」

「なるね。半年でなっちゃうかも。外壁にも蔦《つた》みたいな草が這《は》ったりとか」

「ああいうお宅って、またいずれ住むから残しとくんですかね」

「更地にすると固定資産税が高くなるからっていうのもあるみたいね」

「あ、そうなんですね」

「ただ、周りに迷惑がかかるぐらいボロボロのままにしとくと、特定空家とかっていうのに指定されて、逆に高くなっちゃったりもするらしいけど」

「じゃあ、住めないぐらいボロボロになったら更地にしたほうがいいってことですか」

「更地にして、売るべきなんだろうね」

「そういえば。一丁目にも更地になってるとこがありますよ」

「一丁目っていうと、川に近いほう？」

「はい。蜜葉川」

「へぇ。そうなんだ」

元木場さん宅だ。

木場さんに聞いたので、わかるかと思い、一昨日《おととい》、出前の帰りにその辺りを走ってみた。すぐにわかった。確かに、更地になってた。みつばではあまり見ないので新鮮に感じると同時に、ちょっとさびしい気持ちにもなった。増築や改築の光景を目にすることはあっても、むき出しの更地を目にすることはそんなにないから。

「貸家みたいになってたお宅だったらしいですけどね。自宅を建て替える人が一時的に住むみたいな」

「あぁ。はいはい」

「でもその家も古くなったんで壊すことにした、んですかね。建て替えてまた貸家にするようなことは、ないような気がしますけど」

「その手の貸家の需要もそんなにないだろうしね。今は家なんてすぐ建っちゃうし、みつばなら、賃貸マンションだっていくつもあるわけだから」

「そうですね」

「君は、ここの人でしょ?」

「はい」

「住んでるんだよね?」

「住んでます。二階に」

「いいよなぁ。みつばの一戸建て」

「でも一階は店なんで、二階だけですから。実質、平屋ですよ」

「今も話に出たし、外の車庫にバイクもあるけど。出前もするってことなんだよね？」

「はい」

「でも四葉までは、しないもんね」

「いえ。国道寄りというか、みつばに近い側はしますよ」

「ウチはちょっと離れてるから、無理か」

「ちなみに、どちらですか？」

「フォーリーフ四葉。アパート」

番地も教えてもらう。

すぐにスマホのマップで確認。

「あぁ。ギリ範囲外ですね」

「そうか。残念。まあ、いいよ。こうやって食べに来るから。できたてを食べたい気もするし」

「もしあれなら、いいですよ」

「ん？」

「頼んでいただけるなら、行きますよ。範囲外といっても、ほんとにギリですし。こうやって何度も食べに来ていただいてますし」

「いいの？」

「はい。ただ、一応、出前は二品からということにはなってしまいますけど」

「二品か。おれは、一人なんだよね。おっさんだけど、家族持ちじゃないの。というか、持ちではあったんだけど、今は一人」

「そうなんですか」

「そう。バツイチ」

「何か、すいません」

「いいよ。そうなってもう長いし。結婚してた期間よりバツイチになってからの期間のほうがずっと長くなっちゃったよ。バツイチのおっさんが二日酔いになるほど飲んじゃダメだよなぁ。いつもと同じビール二杯とウイスキー二杯だから、だいじょうぶなつもりでいたの。でも起きたら何か、アルコールが残ってるんだよね。五十を過ぎるとやっぱりダメだな。その日の体調で酔い方が変わってくる」

「そういうものですか」

「うん。そんなことを言いながらも、飲んじゃうんだよね。そばも好きだけど酒も好きだから。そういえば、ここ、アルコールは置いてるの？」

「ビールと日本酒だけ、ですね。おつまみ的なものをお出ししてないので。営業も午後八時までですし」

「まあ、住宅地のお店だしね。酒目当てのおっさんに居酒屋利用をされても困るか。子ども連れの家族なんかが来づらくなっちゃう」

「今のところだいじょうぶですけどね。混んだりはしないので」

「おれもここで飲んだりはしないから安心して。夜来ること自体、ないだろうし」

「夜にそばを食べたくなったときのためにも、出前、しますよ。ほんと、お気軽にどうぞ」

「ありがとう。でも、そうか。一つ学んだよ。人は、離婚するとそばをとりづらくなるんだな。一人で何品もは頼まないから。といっても、あれか、そばを二つ頼めばいいのか。たぬきそばとざるそば、とか。昼にたぬきそばを食って、夜にざるそばを食えばいいんだ」

「そばそばで、だいじょうぶですか?」

「だいじょうぶ。そばは好きだから。四葉から歩いてきちゃうぐらい好きだから」

「ありがとうございます」

「いずれ出前も利用させてもらうよ」

「お願いします」

「でさ。これは、訊いていいのかなと前から思ってたんだけど」

「はい。何でしょう」

益子さんはやや声を潜めて、言う。

「向こうにいるあの彼女は、奥さん?」

「あ、いえ、ちがいます。えーと、従業員です」

「結婚は、してない?」

「してないです」

「彼女とは、というだけじゃなくて?」

「はい。僕は結婚自体してないです。してれば奥さんと店をやれるんでしょうけど、してないので、従業員を雇わせてもらってます」

「そうか。奥さんじゃなかったか」

「はい」

「この先もし結婚したらさ、別れないほうがいいよ。そばをとれなくなっちゃうから。って、おそば屋さんがそばとらないか」

「さすがにとりはしないですね。ピザぐらいはたまにとりますけど。で、確かに、一人で一枚だと多いんですよね。Mサイズとかならどうにか食べられますけど」

「わかる。あとであったためて食べることもできるけど、初めほどおいしくないんだよね」

「あとであったためたピザを食べなくていいようにするためにも、別れないようにしますよ。もし結婚したら」

「うん。そうして。と言いつつ、おれは結婚してたときから、あとでピザをあったためて食べてたけど。足りないといやだから多めにとって、結局は残っちゃったりするから」

益子さんがそんな話をして帰っていったのは、午後二時ちょっと過ぎ。やはり急いで食べてくれた感じがある。

その後、店を閉め、五時にまた開ける。

夜営業。お客さんが来てくれるのはいつも午後六時すぎぐらいからだが、今日は五時台でもう来てくれる。

今度は女性の一人客。近くのアパート、カーサみつばに住む三好《みよし》たまきさんだ。

この人は益子さん以上の常連さん。親父が店をやってたときから来てくれてる。といっても、まだ四十前後。親父のそば『笹原』時代、その終盤からの常連さんだ。

「いらっしゃいませ」

「こんばんは」

「早いですね」

「そうじゃなくて、遅いの」

「え？」

「ずーっと仕事してて、お昼を食べ損ねちゃった。締切が近くて、あせりまくり。でもどうにか目処《めど》がついたんで、やっと」

「そうでしたか」

「ほんとは一時ぐらいに来るつもりでいたんだけど、気づいたら二時近くになっちゃってて。コンビニに行って帰ってくるのもめんどくさいなぁ、と思ってるうちに三時になって、四時になって。じゃあ、あと一時間やれば『ささはら』さんが開くじゃない、と思って、続行。がんばっちゃった」

「おつかれさまです。ありがとうございます」

「いえ、わたしもちょうどよかった。だって、ご飯は落ちついて食べたいもん。仕事に追われてじゃなく。だからこのあとはコンビニに寄ってスイーツを買って帰るつもり。もう仕事はしないから」

「今日は何にします？」

「うーん。ほんとにがんばったから、天丼だな。自分へのごほうびとか、そんな甘っちょろいことはあんまり言いたくないんだけど、ここはあっさり言っちゃって、天丼」

「はい。天丼をお一つ」

「いいよね？」

「はい？」

「昼夜兼用だから、天丼を食べちゃってもいいよね？　太っちゃわないよね？」

「太っちゃわないとは言っちゃえないですけど。食べちゃっていいと思います。がんばったのなら」

「はい、鳴樹くんのオーケーが出たから、食べます」

「いや、オーケーって」

「うそうそ。もう四時ごろからはね、エビ天が頭のなかを泳いでた。二匹がスイスイ～ッと行き来してたよ」

「そんなにですか」

「そう。ちょうど日本語に訳してた原稿に、シュリンプって単語が出てきたの」

「あぁ。エビ」

「そんなことされたらもう、エビよね。お腹も空きまくってたから、今日はそばよりも丼だな、とも思った。白米。丼」

たまきさんは翻訳家だ。フリーで仕事をしてる。アパートが職場。だからこのお店が出前をしてくれたらほんとにたすかるんだけど、と言ってたらしい。で、おれが店を再開させると、すぐに来て、言ってくれた。わぁ、復活！

今は結婚し、よそに住んでる。でもカーサみつばの部屋も借りてる。完全にそこを仕事場としてるのだ。

子どもがいるのかは、知らない。でもこれは知ってる。本人から聞いた。結婚相手は郵便局員さん。かつてみつば郵便局で配達をしてた人だという。配達員と受取人として知り合い、結婚したのだ。

みつば郵便局は、蜜葉市の配達を担当する大きな局。たまに出前をする。内勤の人が頼んでくれることがあるのだ。建物内に食堂もあってそばとうどんは食べられるらしいが、たまにはそば屋のそばを、ということで、とってくれる。あと、それこそ外勤の配達員さんが配達の途中で食べに来てくれることもある。どちらもたすかってる。

天丼を素早く、でも丁寧につくって届けると、たまきさんは言う。

「鳴樹くんさ、出前もしてくれるんだよね？」

「はい」

「ウチみたいに近くても、してくれるの？」

「もちろん。ただ、二品からになっちゃいますけど」

「あぁ。二品か。二品は、食べられないかなぁ」

先の益子さんと同じ。一人暮らしのお客さんだと、どうしても引っかかってしまう。

そこは何度も考えたし、今もよく考える。

品数ではなく、値段。千五百円以上から、とするべきなのか。でもそれだと、そば二品でも出前はできない可能性が出てくる。かといって、千円以上から、にするのもきつい。天ざるや鍋焼きうどんはそれ一品で超えてしまうから。

「おぉ。エビ」とたまきさんが言う。「わたしの頭のなかを泳いでたあの二匹が今ここに。いただきま〜す」


木場さんが来店してくれたのは、その翌日。午後一時半前だ。

「あれっ」とつい言ってしまった。「いらっしゃいませ。早いですね。前回からまだ一週間ぐらいじゃないですか？」

「そう。ちょうど一週間。今は、勤める工場のシフトがその感じだから」

「あぁ。なるほど。また何か、こちらのほうにご用が？」

「いや。今日はね、近くまで来たから寄ったんじゃなく、目的地がここ。みつばに用があって来たの」

「みつばに」

「うん」

「まずは、お席へどうぞ」

「あ、そうだね」

木場さんがテーブル席に座り、おれはすぐにお冷やを出す。それを一口飲んで、木場さんは言う。

「こないださ、前に住んでたとこが更地になってたって、言ったじゃない」

「はい。そうお聞きしたんで、出前の途中でつい見ちゃいました。なってましたね、更地に。あぁ、ここかと、すぐにわかりました。僕は無関係なのに、何かさびしかったですよ。木場さんはほんとにさびしいだろうなと思いました」

「いや、それでさ、あのあとぼくも考えてね。みつばに住もうと思ったの」

「え？」

「もちろん、一戸建てを買うお金なんてないから、賃貸。ほら、みつばにはマンションもたくさんあるし。だいたいが三丁目か四丁目だけど、でも蜜葉川とか海とかに散歩には行けるから」

「まあ、そうですね」

「といっても、マンションの家賃もやっぱり高いんで、団地に住もうと思って。みつば南団地」

「あぁ。海に近いほうの」

「そう。駅からはかなり歩くけど。妻とも話して、そこに住むことにした」

「住め、るんですか?」

「今は無理。空きがないみたい。でも調べたら、情報提供サービスというのがあって、順番待ちができるんだよね。申し込んでおけば、時間はかかっても、文字どおり順番に入居できるの。だから、申し込んでおくことにした。今日はその下見。一応、ちゃんと見ておこうと思って」

「これからですか?」

「いや、もう見てきた」

「どうでした?」

「よかったよ。なかまでは見てないけど、全体的にきれいそうだし。何というか、団地にありがちな暗い感じはなかった」

「そう、かもしれないですね、あそこは」

「二棟ずつのあいだに公園みたいなのもあって、小さい子がお母さんと遊んでたよ。ウチのはもう大きいから、あそこで遊ぶことはないだろうけど。でもあいうのがあってくれるのはいいよね。ここなら住みたいなと、はっきり思った。だから妻にそう報告して、申し込むよ。いつ入れるかわからないけど、いつでも入れるよう準備だけはしておく」

「もし入られたら、出前をさせてください」

「そうだね。そのときはぜひ」

「今日は、いつものでいいですか？　鴨南蛮」

「そうそう。注文しなきゃ。うん。鴨南蛮。それでいいです。お願いします」

「はい。鴨南蛮をお一つ。実はこれ、言ってみたかったんですよ」

「え？」

「いつものでいいですか？　って」

「あぁ」

「店を始めてから、初めて言えました。木場さんを、勝手に常連さん認定させてもらいます」

「ぼくなんかでいいの？」

「充分です。だって、今回は前回からまだ一週間ですからね。常連さんも常連さんですよ」

「そう言ってもらえると、ぼくもうれしいよ。住む前から常連になれた。今思えばさ、あの家が更地になってくれてよかったよ。おかげで、こういう決断ができた」

「みつばの町としてもいいことですよね、これは」

「ん？」

「昔住んで出ていった人が戻ってきてくれるって。たぶん、町としてはすごくうれしいことですよ。時間が経っても評価されてるってことですから」

「まあ、ぼくに評価されたところでいいことはないと思うけど」

「そんなことないですよ。例えば僕なんかは、昔からずっとあった家に戻ってきただけですけど、木場さんは、完全に離れたのに戻ってきたわけですから。僕がみつばなら、そっちのほうが断然うれしいですよ」

「僕がみつばなら」と木場さんが笑う。

「中学生の読書感想文みたいなこと言っちゃいました」とおれも笑う。「僕が主人公なら、そんな勇気がある行動はとてもとれなかったと思います。とかそんな」

「もうまさに時間が経って、とっくにニュータウンではなくなったけど、今のほうが、何か、町にちゃんと受け入れてもらえるような気がするよ。自分の足がちゃんと地についてるというか」

わかる。おれ自身がそうだから。

親父も母ちゃんも亡くなってしまったが、ガキのころよりは今のほうがみつばの町が身近になったように感じられる。自分の足で立ててるような気はする。

ガキのころも自分の町ではあったが、おれの町というよりは親父と母ちゃんの町だった。親父と母ちゃんがいるからおれもここにいる。そんなふうに思ってた。

会社で働きだしたころだって、そうだ。気持ちはみつばから離れ、おれはそのまま東京に住むつもりになってた。そば屋をやるどころか、実家に戻ることさえ、考えてはいなかった。

「もしみつばに住むようになったら」とおれは木場さんに言う。「そのときはけんちんそばも食べてみてくださいよ」

「けんちんそば？」

「はい。親父が店をやってたときにはなかったメニューなんで」

春

洞口和太《ほらぐちかずた》 と かつ丼

忙しいときの出前は大変だが、残念ながら、忙しいとき自体がまだそんなにない。

雨の日の出前は雨ガッパを着なきゃいけないからこれまた大変だが、晴れの日の出前はおれ自身のいい気分転換になる。特に今日みたいな春のぽかぽか陽気の日の出前は。

花粉症持ちの小枝は一度も外に出たくないと言うが、持ちじゃないおれは出たい。やっと寒い冬が終わったのだから、積極的に出たい。

今は、そば『ささはら』と同じ二丁目にあるアパート、みつばタウンパレス一〇二号室の洞口《ほらぐち》家へ向かってる。そこそこ広いみつばでも、同じ丁目だからすぐに着いてしまうが、それでもおれは束の間のバイクライディングを楽しむ。

この出前はちょっとうれしい。洞口家の二人のことはおれも知ってるからだ。

母親の明日音《あすね》さんと息子の和太《かずた》。そば『笹原』時代によく食べに来てくれた。

十年以上前。まだ親父も元気で、母ちゃんと二人、普通に店をやってた。おれが親父にそばのあれこれを教わってたころ。だからおれもちょっとは店の手伝い的なことをしてた。みつば東小の先輩として和太としゃべったりもした。

当時、和太は小学一年生。人懐っこくてかわいいガキだった。人懐っこさ全開で大人たちを魅了してた。

まず、おれの母ちゃんが魅了された。母ちゃんはもう和太が大好きだった。来るたびに和太くん和太くん言って、かわいがった。おしながきに載ってないオレンジジュースを出してやったりもした。ガキのころのおれよりもずっとかわいがってたはずだ。

みつばタウンパレスの洞口さん。出前の電話を受けた小枝からその名前を聞いたとき、おぉ、とおれは思った。たぶん和太のとこじゃん、と。

注文は、かつ丼とわかめそば。まあ、和太がかつ丼で明日音さんがわかめそばだろう。

そんなことを考えながら、カブを出動させた。

カブ。ホンダのスーパーカブ。出前をするそば屋の多くが愛用してるバイクだ。後ろにマルシンの出前機1型を付けたあれ。

店をやる際、出前もやると決めたので、中古のカブを買った。節約のためにそうしたのだが、かえってよかった。古いカブのほうがそば屋感が出たからだ。実際、もう何年もやってるように見えた。渋かった。ヴィンテージのデニムのようなものだ。

で、いざ出前を始めてみて、感心した。出前機が、シンプルな構造ながら実に優秀な機器であることがわかった。発明した人はマジで頭がいいなと、感心を超えて感動した。

出前をしなきゃいけない。バイクでそれができれば楽。でもバイクの荷台に載せて運んだら、揺れてしまう。丼からつゆがこぼれてしまう。そうならないように運べるいい方法がないかなぁ。運べるようにできる夢の機器がないかなぁ。

あったのだ。

普通、あるわけないと考える。おれならそう考えて終わりだ。でも頭のいい人はちがう。考えて、生みだした。マジですごい。

揺れは空気バネで緩和され、出前機自体が傾いても荷台は水平の状態に保たれる。だから丼は傾かない。それを思いつけるとこが天才。機器をつくれてしまうとこも天才。それが誰かは知らないが、発明した人は何らかの賞を受けるべきだと思う。

そして今もまたその出前機の恩恵を受けながら、ぽかぽか陽気のなか、到着。

新しめのアパートはたとえワンルームのそれでもオートロックだったりするが、ここみつばタウンパレスはちがう。建物自体の玄関ドアに阻まれることなく、すんなり各部屋の前に行ける。だから丼の回収も容易なはず。

インタホンのボタンを押す。ウィンウォーン、とチャイムが鳴る。

そのインタホンによる応対はなし。すぐにドアが開き、明日音さんが顔を出す。

「こんにちはお待たせしました『ささはら』です」と早口で言う。

「ご苦労さま」と明日音さんが言ってくれる。

顔を見るのは久しぶり。店に来てくれてたころは三十代だったはずだが、今は四十代、たぶん後半。失礼ながら、さすがにちょっと歳をとった感じはする。

「出前を始めたのね。来てくれてたすかります」

「こちらこそ、とっていただけてたすかります。じゃあ、こちら、かつ丼とわかめそばですね」

「おいくら?」

「千五百円です。お盆は持ち帰らせていただきますね」

「はい」明日音さんは自分の背後に言う。「ねぇ。お母さんはお金を払うから、ちょっと運んで」

それに応《こた》え、部屋から若い男が出てくる。高校生、だろう。

おれはつい言ってしまう。

「お、和太じゃん」

まちがいない。和太だ。もうあのころのようなガキではないが、高校生なのだからガキはガキ。面影は残ってる。というか、大して変わってない。

その和太はおれの顔をチラッと見るだけ。何も言わない。

おれはかつ丼とわかめそばが載ったお盆を渡す。

「気をつけてな」

和太はやはり何も言わない。はい、も、うん、もなし。

ん? と思う。おれ、シカトされてる?

「何だよ。デカくなったな。もう高校生?」

返事なし。？ が付いた質問なのに、返答なし。シカト、確定。

「和太、返事しなさいよ」と明日音さんが言ってくれるが。

和太はそれもシカト。

「あぁ、いいですいいです」とおれは言う。「こんなもんですよ、高校生なんて」次いでこれは和太に。「お盆だけ返してな」

和太は玄関からも見えるダイニングテーブルにかつ丼とわかめそばを置く。

そのあいだに、明日音さんがおれに代金を払う。

「ごめんなさい。五百円玉がないの。二千円でいい？」

「はい。だいじょうぶです」

そう言って、おれは二枚の千円札を受けとり、用意してきた一枚の五百円玉を渡す。あとこちらもどうぞ、と一緒に出前用のおしながきも渡す。

出前はこの釣銭もまた面倒だ。今の場合なら、八千五百円を持ってこなければいけない。一万円札を出される可能性もあるから。

戻ってきた和太が、無言でおれにお盆を差しだす。というか、突きだす。

「どうもな」とそれを受けとる。「よかったよ、久しぶりに顔見れて」

それもシカトだろうと思ったが、意外にも和太は言う。

「つーか、誰？」

「いや、誰って。そば屋だろ。出前してんだから。もしかして、昔店に来てくれたのを忘れちったたか？　和太、まだ小さかったから」

「あのさ」

「うん」

「客を、呼び捨て？」

一瞬意味がわからなかったが、すぐに気づき、言う。

「あぁ、そっか。そうだな。ごめん。和太、くん」

「ちょっと。やめなさい。和太」と明日音さん。

「いえ、いいです」とおれ。「確かに、出前をとってもらってるお客さんを呼び捨てにしちゃまずい。和太くんが正しいです。すいません。お詫《わ》びします」

「そんな」

「では、えーと、ありがとうございました。またよろしくお願いします。よかったら店にも来てください。丼は、ドアのわきに出しといていただけるとたすかります。明日とりに来ますので」

そして頭を下げ、ドアを静かに閉めて、去る。アパートの外に駐《と》めたバイクのところへ戻る。

そこで出前機にお盆を載せてると、すぐにサンダル履きの明日音さんがやってくる。

あれっ、何かまちがえたか？　と思う。割り箸《ばし》も、かつ丼に付くお新香もインスタントの味噌汁《みそしる》もちゃんと確認した。忘れてなかったはず。

「和太が失礼なこと言ってごめんなさい」

「あ、いえいえ。ほんと、だいじょうぶです。久しぶりなのになれなれしくし過ぎました。懐かしくなっちゃって、つい。こちらこそすいません」

「いえ、それは全然。わたしも懐かしいし、鳴樹くんがまたお店をやってくれてうれしい」

おぉ、鳴樹くん、とおれは密《ひそ》かに思う。明日音さん、名前を覚えててくれた。それはおれもうれしい。

「あの子ね、もうずっとこうなの」

「そうですか。さっきも言いましたけど。高校生の男子なんて、みんなああじゃないですかね」

「高校生じゃないい」

「え？　まだ中学生でしたっけ」

「そういうことでもなくて。高校、やめちゃったの」

「あぁ、そうでしたか。それも、すいません。知りませんでした。というか、知ってるわけないんですけど」

「本当に知らなかった？」と訊かれ、

「はい」と答える。

知ってて高校生と言ったいやなやつだと思われたのかと思ったが、そういうことでもないらしい。明日音さんは言う。

「じゃあ、知らない人もいるのね。もうご近所じゅうに知られてるのかと思ってた。まあ、ウチはアパートだし、言うほどご近所付き合いがあるわけでもないんだけど。バイクの音、聞いたことない？」

「バイク、ですか」

「ええ。プロロロロ～ッていうような。この辺でかなりうるさい音を出しちゃってるの。聞いたこと、ない？」

「どう、でしょう。あるような、ないような」

「聞こえてはいるはず。鳴樹くんが意識してないだけかも」

そう、かもしれない。言われてみれば、心当たりはある。うるせえな、と思ったこともある。それが和太の出す音だったのかはわからないが。

明日音さん自身が話してくれたのだからいいだろうと思い、訊いてしまう。

「高校、行きはしたんですか」

「うん。入学はしたけど、やめちゃった。それでハンバーガー屋さんでアルバイトをしたの。駅前のスーパーに入ってるとこじゃなくて、国道沿いにあるお店」

「あぁ。ありますね」

「もう十六歳にはなってたから、原付の免許をとって。通勤のためにバイクがほしいって言うから、買ってあげて。てっきり普通のだと思ったんだけど、何か、そんなふうにうるさい音が出るようにしちゃって」

「マフラーを換えたんですね、たぶん」

「それ。マフラー。バイク自体は中古だから安いと言ってたのに、それをしたから結局新車と同じぐらいになっちゃった」

明日音さんにはわからないと思って、部品がイカれたから換えなきゃいけない、みたいなことを言ったのかもしれない。いくら中古だといっても、そんなにすぐイカれるはずはないのに。クソガキのやりそうなことだ。おれもその歳ならやってたかもしれない。

「バイトは、今もしてるんですか?」と訊いてみる。

明日音さんは首を横に振って、答える。

「それもやめちゃった。ファストフードだから、ほかのアルバイトさんには高校生もいたみたいなんだけど、その子たちと合わなかったらしくて」

「あぁ」

わからないでもない。

同じ歳ごろの、高校生とフリーター。互いに意識はしてしまうだろう。フリーターのほうが、浮いてしまうだろう。

「高校に行ってたら今三年生、ですよね?」

「そう。三年生になったばかりだったはず。人より二年遅れちゃった。いや、もう三年遅れることが確定しちゃった。どうしよう。出前のかつ丼とか食べてる場合じゃないのに」

「いや、かつ丼は食べましょうよ」

おれがそう言うと、明日音さんは笑って言う。

「そうね。出前をお願いしておいてそんなことを言うのは失礼。ごめんなさい」

「それはいいですけど。シンプルに、かつ丼は食べてもらいましょう。若いんだから、力はつけてもらいましょう」

「わたしも、伸びちゃわないうちに、わかめそば、頂きます。とにかく、和太が失礼な口のきき方をしちゃってごめんなさい。これに懲りず、また来てね」

「懲りないです。お電話を頂ければ、大喜びでまた来ます。またお願いします」

「こちらこそ、お願いします。和太がいやがるから、さすがにもう二人でお店に行くことはないと思うけど、出前はとらせてもらう」

「ありがとうございます。何ならお前がおれを呼び捨てにしてくれてもいいぞ、と和太くんに言っておいてください。あ、お前、もダメか。あなたがわたしを呼び捨てにしてくれてもいいぞ、でお願いします」

明日音さんが笑顔でアパートに戻っていく。

が、すぐにまたやってくる。そこは真顔で。

「鳴樹くん」

「はい？」

「お母さん、絹代《きぬよ》さん、亡くなられたのよね」

「あぁ。はい。一年前に」

「葬儀に出たりできなくて、それもごめんなさいね」

「いえいえ」

「お母さんにはお世話になったのに」

「お世話になったのはこっちですよ。何度もお店に来ていただいて。そばも丼ものも食べていただいて」

明日音さんはそこでおれの顔を見て、言う。

「あれ、鳴樹くんは知らないのかな」

「え？」

「お母さん、和太の入学祝をくれたりもしてたのよ」

「入学祝、ですか」

「そう。初めは中学に上がったとき。わざわざ訪ねてきて、くれたの。和太くん入学おめでとうって。ものは、商品券」

「商品券」

「しかも二万円分。和太にとは言ってたけど、要するに、わたしにくれたわけ。生活費の援助みたいなもの」

「あぁ。何か、すいません」

「何が？」

「いや、あの、かえって失礼のような」

「全然。すごくたすかった。わたし、そのころはまだ正社員でもなかったから」

「そう、でしたか」

「やっぱり、鳴樹くんには言ってなかったのね。お母さん」

「はい。知りませんでした」

「で、それはね、高校のときももらったの。和太が高校に入学したとき。また商品券で、三万円分」

「アップしたんですね、高校だから」

「さすがにもう頂けませんて言ったの。わたしもどうにか働けてますしって。でもお母さんは、和太くんのためだからって。和太くんに何か買ってあげてって」

母ちゃん、そこまで和太が好きだったのか。というか、この親子が好きだったということだろう。かわいい和太と、その和太を一人で育ててる明日音さんが。

「なのに和太がこんなことになっちゃって。わたし、ほんと、申し訳なくて」

「それは、だいじょうぶですよ。母ちゃんも、だったらあげなきゃよかった、なんて思うわけないですし」

「そうかな」

「そうです。息子が代わりに断言しますよ。絶対に、そうです」

「和太もね、鳴樹くんにはあんなこと言ったけど、実は絹代さんのことが大好きなの。ほんとのおばあちゃん、くらいに思ってたんじゃないかな。絹代さんが亡くなったことをわたしが話したときも、珍しく、あのばあちゃんの葬儀なら行きたかったなぁ、なんて自分から言ってたし」

あのガキ。マジか。息子には、まさにあんなこと言いやがったくせに。

「って、なお引き止めてごめんね。ほんとにおそば伸びちゃう。じゃ、いただきます」

そう言って、明日音さんが今度こそアパートに戻っていく。

おれもバイクを出す。

ホンダのスーパーカブ。音はおとなしい。プロロロロ～ッとはならない。そば屋が出前のバイクでそれをやったら、すぐに店に苦情が来るだろう。下手をすれば、動画を撮られ、アップされるだろう。で、速攻で店が特定され、袋叩《ふくろだた》き。

こわいな、と思う。そんなことだけで、店はあっさり終わるのだ。油断はできない。本当に気をつけなきゃいけない。

時刻は午後二時すぎ。昼営業は終わってる。店を出たのが二時ちょうどだから、新たな出前の注文が入ってることはないはず。

ということで、気分転換にちょっとまわり道をする。バイクで住宅地をゆっくり走る。

そして一丁目との境に差しかかる。そこは、そういえば中学で同じクラスだった中垣羽緒《なかがきはお》の家がある通りだ。

羽緒のことは、一時期ちょっと好きだった。

小学生のころからピアノを習ってた。中学の合唱コンクールか何かのときに伴奏のピアノを弾かされてたような記憶がある。

あれ、考えたら、羽緒自身はうたえなかったってことなんだよな、と今さらながら思う。もしかしたらうたいたかったかもしれないのに。ピアノはいつも弾いてるから、むしろそこではうたのほうをやりたかったかもしれないのに。

でも練習中の音楽室や本番中の体育館でピアノを弾いてる羽緒はとてもカッコよく見えた。きれいにも見えた。音楽とは無縁。口パクの達人と言ってよかったおれとはまったく合わないんだろうなと、そんなことを思った。それもまた懐かしい。

ただ、羽緒も、たぶん音大なんかには行かなかった。ネット銀行に就職したと、何年か前に誰かから聞いた。そう。聞いたそのときに、じゃあ、音大とかには行かなかったのか、と思ったのだ。

ネット銀行。中学の同級生としてではなく、預金する客として話を聞いてみたいな、と今は思う。通帳がないのは悪くない。メインバンクに次ぐ二行めとして利用するならいいかも、ということでちょっと興味があるのだ。とはいえ、つながりはもうまったくないので、実際に訊いたりはしないが。

羽緒が今もその家に住んでるのか。今もまだ中垣なのか。そのあたりはまったく知らない。三十前にもなればそんなものだ。大学ならともかく、高校や中学は遠い。クラスメイトの全員を覚えてたりはしない。

同じ町。場所は変わらなくても、時間は経つ。

和太のことはもうそれで忘れてた。

が、一週間ほどして。

やはり昼営業の終了後。前日の夜に出前をしたお宅から丼を回収したその帰り。おれはみつば第二公園で休んでた。

そこは、すべり台とブランコと三つのベンチがあるだけの狭い公園だ。その時間ならまだ子どもたちはいない。というか、その時間でなくてもそんなにはいない。たまに郵便屋さんが休憩してるくらいだ。ベンチのわきにバイクを駐めて。

で、このときのおれもそうしてたわけだが。そこへ和太がやってきた。まさに、プロロロロ～ッとうるさい音を立てて。原付バイクで。

あ、これなら聞いたことあるわ、とおれは思った。やっぱこれが和太だったのか、と。

和太はおれが休んでることに気づいて公園に入ってきたらしい。ベンチに座ってるおれの前までバイクで走ってきて、停まる。そこでエンジンも止める。プロロロロ～ッという音もようやく止む。

自ら寄ってきてるわけだから、そこでのシカトはなし。和太は言う。

「何、サボり？」

こないだとちがって、機嫌は悪くないらしい。明日音さんがこの場にいないからかもしれない。

十代バカ男子はそうなのだ。母親と一緒にいるだけで機嫌が悪くなる。母親は、十代バカ男子の不備を、というかバカを決して見過ごしはしないから。すかさず指導してくるから。

サボりか否かは答えない。ベンチに座ったまま、おれは言う。

「お前、エンジンは止めて入れよ」

「は？」

「エンジンは止めて入ってこいよ」

「これを引いていくってこと？」

「そう」

「何だよ、それ。バイクの意味ねえじゃん」

「バイクで走られたら公園の意味がねえだろ」

「自分はそうしたのかよ」

「したよ」

真顔で即答したおれを見て、和太は驚く。してるわけない、と思ってたらしい。

おれはさらに言う。

「公園は道じゃねえ。バイクで走んのは違反だっつうの。捕まんぞ、マジで。下手すりゃ通報だぞ。ただでさえ、お前のバイクはうるせえんだから」

「っていうそれがうるせえよ」

「お前のバイクはその百倍うるせえんだよ」

「うるさくねえよ」

「うるせえよ。自分が外を歩いてるときにすぐ横をそのバイクが通りすぎたら、お前だって、うるせえなぁ、と思うだろ？」

「思わねえよ」

「思うよ。お前みたいなやつは、余計、思うよ。他人に文句をつけたくてしかたねえんだから。食ってかかりたくてしかたねえんだから」

「何も知らないだろ、おれのことなんて」

「知らなくてもわかるよ。ねぇ、見て見て〜っつって、うるせえ音を出して走りまわってんだから」

和太は少し黙り、それから言う。

「百倍はうるさくねえよ」

そこかよ、と思い、おれはちょっと笑う。

自身が笑われたと思ったらしく、和太は言う。

「何だよ」

「二倍だとしたって、充分うるせえからな」

和太はかぶってた半キャップをとって、言う。

「母親、余計なこと言ってねえよな」

「ん？」

「あんとき、出てったろ？　出前に来たとき」

「あぁ。ちょっと話しただけだよ」

「ほんとかよ」

「余計なことってのは、例えば何だよ」

「おれの学校のこととか、バイトのこととか」

軽めのうそを交ぜて、おれは言う。

「お母さんは言ってない。でもおれが訊いたよ。あのガキは何でこの時間家にいるんですか？　って」

「あ？　関係ねえだろ」

「関係はねえな。でも訊いた。ガキが文句をつけてきやがったから。呼び捨てすんなとか」

「そりゃ言うだろ。こっちは客なんだから」

「こっちは歳上なんだよ。言うなら、呼び捨てはしないでください、と言え」

「言うかよ、そんなこと」

「おれは歳上も歳上で、和太は歳下も歳下だぞ」

「だから客を呼び捨てすんなって」

「今は客じゃねえだろ」

「かつ丼食ったんだから客だろ」

「一度食ったらもうずっと客だってか。客だから偉いってか」

「そうは言ってねえよ」

「いや、思いっきり言ってるだろ。まあ、客だから偉そうにすんのは別にいいよ。でもお金を払ってくれたのはお母さんだからな。せめて自分で払ってから偉そうにしろよ。そしたらおれも、ははぁ～、とひれ伏してやるよ」

「客の子は客だろ」

「蛙の子は蛙、みたいなこと言ってんなよ。おたまじゃくしのくせに。そのバイクだって、買って買ってとおねだりして買ってもらったんだろ？　お前が自分で稼いだ金で買ったわけじゃねえだろ？」

「だからうるせえよ」

「だからお前のバイクほどはうるさくねえよ」

「そば屋のくせに、そっちこそ偉そうじゃね？」

「偉そうなのはお前だよ」

和太がおれを睨《にら》む。

ちっともこわくない。何せ、小学生のころを知ってるから。家も母親のことも知ってるから。これが素性の知れない半グレ予備軍みたいなガキだったら、かなりこわかっただろうが。

和太が何も言わないので、おれが言う。

「お前」

「何だよ」

「たばこ吸ったりしてねえだろうな」

関係ねえだろ、とそこでも言うかと思ったが、意外にも、和太はこんなことを言う。

「あ、おれ、たばこはダメ。試した。むせるだけで、うまくも何ともなかった」

「試すんじゃねえよ。それもダメなんだよ。試すのはオーケー、とかなるわけねえだろ。原チャリの免許はとれても、たばこはダメだかんな。車の免許は十八からとれるし、成人年齢も十八になったけど、たばこと酒は二十歳からだかんな」

「あ、おれ、酒もダメ。そっちもうまくも何ともなかった。ジンとかいうのを飲んで、ムチャクチャ気持ち悪くなった。久しぶりにゲロ吐いた」

「だから試すんじゃねえよ」と言いつつ、やはりちょっと笑う。確かに、試してゲロ吐いてるやつ、おれが高校生のころもいたなぁ、と思って。

「チクんなよ、警察とかに」

「バカらしくてチクれねえよ。ガキがゲロ吐きました、なんて言えるわけない。ぽかんとするよ、警察も」

「たばこも酒もそれ一回だからセーフだろ」

「いや、アウトだろ」

和太はしばし考えて、言う。

「あ、そういやさ」

「何だよ」

「かつ丼、味変わったんじゃん？」

「ん？」

「何か今イチになったんじゃん？　昔のほうがうまかったよ」

「マジか。親父のころと何も変えてねえはずだけどな」

「腕が悪いんじゃねえの？」

「うるせえな」

「おれのバイクほどはうるさくねえよ」

「お、認めた」

「あ？」

「自分のバイクがうるさいって」

「そういうわけじゃねえよ。ごまかすなよ」

「何をだよ」

「かつ丼の味が変わったことをだよ」

「マジで変わったか？」

「食って思ったよ。ガキのころのほうがうまかったなって」

だとすれば、何だろう。かつの揚げ方か？　玉子の絡め方か？　それとも、米の炊き方？

何であれ、ムカつく。グルメ気どりのことを言いやがって。和太、小学生のころはかわいかったのに。何でもおいしいおいしい言って食ってたのに。おれの母ちゃんに、ごちそうさま、オレンジジュースありがとう、なんて言ってたのに。

まあ、しかたない。おれもまだまだ。店を始めて半年も経ってない。それで、かつ丼、昔よりうまくなったね、とはいかない。飲食店はそんなに甘くない。

「で、何」と和太が言う。「公園て、原チャリで走っちゃダメなの?」

「ダメだろ。だいたいのとこは、ダメなはず」

「だって、チャリはいいじゃん」

「チャリはよくても原チャリはダメ」

「そうか。ダメなんだ」

「お巡りさんに見られたら、たぶん捕まって、減点だぞ。もしそうなら、反則金もとられるぞ」

「じゃあ、気をつけよ。金とられたらかなわねえから」

「それもだけど。音も気をつけろよ」

「は?」

「バイクの音だよ。わざわざうるさくして走る必要もねえだろ」

「わざわざうるさくしてるわけじゃねえよ。マフラーを換えたらそうなったんだよ」

「そうなるとわかって換えたんなら同じことだろ」

「別に夜走ってるわけじゃねえし」

「昼に寝なきゃいけない人だっているんだよ。夜勤の人とかな」

「そこまでは知らねえよ」

「そこまで知れよ。ちゃんと考えろよ。昼寝てる赤ちゃんだって、こいつうるせえなぁ、と思ってるよ。おれより十五歳とか上なのにまだガキなのかよ、と思ってるよ」

「赤ちゃんが？」

「赤ちゃんが。あとは、病気でずっと寝てる人たちも。カゼで会社とか学校とかを休んでる人たちも」

「だから知らねえよ」

「だから知れよ。ちょっと考えるだけでわかるだろ」

和太がおれを見る。睨んでるというのとはまたちがう感じに。

偉そうなのを自覚して、おれは言う。

「なあ、いいか。お前が思ってる以上に、周りはお前をうるせえと思ってるんだよ。お前が思ってるよりずっと多くの人たちが、ずっと強く思ってるよ。あんな音を出してカッコいいなぁ、なんて思ってる人は一人もいない。お前はさ、ただ想像できてねえだけなんだよ。みんなイライラしてる。あのうるせえやつ、バイクですっ転んでくれねえかな、そのままどうにかなってくんねえかな、と思ってる人だって、なかにはいるよ。たぶん結構いる。いい人に見えるじいちゃんばあちゃんだって、そうかもしれない。みんな思ってるだけだから、お前に伝わってこないんだよ。ちょっとはカッコいいと思われてると、お前が勝手に思っちゃってるだけなんだよ」

「そんなことねえよ」

「ほんとにそんなことないと思うか？　うるさいお前をカッコいいと思ってくれてる人が、誰かいるか？」

「いるよ」

「誰だよ」

「友だちとか」

「友だちの全員がそう思ってると思うか？」

「全員ではなくても、何人かは思ってるよ。カッコいいとは思わなくても、すっ転べばいいとまでは思わねえよ」

「でもうるさいとは思っちゃうだろうな。実際、うるせえから。例えば女子なんかはもう、全員思っちゃってるかもな」

「全員じゃねえよ。アイランとかは、そんなふうに思わねえよ」

「アイラン？」

「ああ」

「誰？　外国人？」

「日本人だよ。中学が同じだった」

「アイランて、どんな字？」

「アイに、ラン」

「わかんねえよ」

「愛人の愛に、蘭の花とかの蘭」

「へぇ。愛蘭《あいらん》。それはカッコいいな」

「アイルランドのことらしいよ、国の」

「あぁ、漢字だとそうなるってことか」

「父親が、アイルランドを好きなんだと」

「それは、何、アイリッシュウイスキーを、とか？」

「いや、そこの音楽を」

「音楽」

「ヴァイオリンとかアコーディオンとかをつかったりするんだと」

「何となくわかるような気が、しないでもないな。でもすげえな。それで愛蘭て付けたのか、娘に」

「いいだろ、別に」

「いや、勘ちがいすんな。ほめてんだよ」

次いで、名字も訊いた。曽我部《そがべ》、だそうだ。和太のみつば北中時代の同級生。ということは、つまり、おれの後輩でもある。

「その愛蘭ちゃんは、お前のバイクの音を、うるさくないと思ってんの？」

「そんなにはうるさくないって言ってたよ」

「そんなには、かよ。うるせえって言ってるようなもんだろ、それ」

「ちげーよ」

「愛蘭ちゃんは、もしかしてお前のカノジョ？」

「それもちげーよ。家が近いだけ。こないだたまたま川んとこで会ったら、そう言ってたんだよ」

「そう言うしかねえよな、本人の前では」

「愛蘭はそんなやつじゃねえよ。ほかのやつはちょっとそういうとこもあるけど、愛蘭はちげーよ」

実際、そうなのかもしれない。いい子なのかもしれない。いい子というか、優しい子だ。どう言えばいいだろう。たぶん、本質的に優しい子。そういうのはちゃんと伝わるのだ。この和太みたいなやつにも。

「まあ、その愛蘭ちゃんはお前の味方なのかもしんない。そんなにはうるさくないと思ってくれてるのかもしんない。でもそれは、愛蘭ちゃんがお前を知ってるからだよ。バイクでこの辺をうるさく走りまわってること以外のお前の情報も、ちゃんと持ってるからだよ。そうじゃない人からすれば、お前はただのうるさいやつでしかない」

曽我部愛蘭さん。今は和太の味方かもしれない。でもいずれは、高校をやめちゃってどうすんのよ、と思うときが来る。いや、そのくらいのことはもう思ってるだろう。まだ近い存在だから否定的なことを本人に直接言いはしないだけだ。十年後には。和太？　あぁ、あのうるさかった彼ね、で片づけるだけになってるかもしれない。

時間が経つというのはそういうことでもある。三十を前にしたおれだからわかる。十七歳の和太にはまだわからないだろう。その、時間は必ず経ってしまう、それも案外早く経ってしまう、という感じは。

「和太さ、何で高校をやめた？」

「つまんなかったから」

「それだけ？」

「重要だろ、それ」

「重要だけど。それだけで、やめるか？」

「おれはやめたよ」

「どのくらいで？」

「半年ぐらいか」

「何かやったわけじゃないんだろ？　問題を起こしてやめさせられたみたいなことでは、ないんだよな？」

「ないよ」

和太はバイクから降り、辺りをぶらつく。あ〜、ダリぃ、という感じに。そして言う。

「リュウトって友だちがいたんだよ。中学んとき」

梅谷竜斗《うめたにりゅうと》、だという。

「いつも遊んでて、高校も同じ公立に行く約束をしてたんだけど」

「してたんだけど?」

「中三のとき、竜斗は父親の転勤で大阪に引っ越すことになっちゃって」

「中三の、いつ?」

「秋」

「十月の異動とか、そんなか」

「引っ越したのが九月の終わりぐらいだったよ。話は、二学期が始まってすぐに聞いたけど。マジかよって思った」

「で、和太が行ったのは、その公立?」

「いや。そこは落ちた」

「そうなのか」

「竜斗がいなくなったから、何か、あんまり勉強する気にもならなくて」

「偏差値が同じぐらいだったわけだ、二人は」

「おれのほうがちょっとよかったよ。だから、一緒に行くなら竜斗のほうががんばる感じだった。でも竜斗がいなくなって、予定どおり受けたら、落ちた。そこでも、マジかよって思ったよ。まあ、勉強しなくなってたから、学校の成績も落ちてたんだけど。そんで、私立。電車だから、通うのに片道四十五分とかかかってたよ。で、そこでは誰とも仲よくならなかった」

「部活とかは？」

「やってない。中学でもやんなかったし」

「竜斗くんも？」

「そう。だから毎日二人で遊んでた」

それでその竜斗がいなくなる。よくないパターンだ。

「こう言っちゃ何だけど。竜斗くんが引っ越さなかったとしても、どっちかがその公立に落ちてた可能性はあるよな」

「あるけど。だからって、竜斗がいなくなるわけじゃねえし」

近所にはいる。それは支えになる。別の学校に通うようになると友だち同士の関係も変わったりするが、一番の友だち、との関係だけは変わらなかったりもするのだ。

竜斗と和太。特に和太。

ガキだなぁ。しょうもねえなぁ。

と言ってしまうのは簡単。でもこの歳のころはそういうもんだ。友だち関係は、デカいどころか、生活のすべてと言ってもいい。

ちょっとわかる。周りに親しい相手が一人もいないのはきつい。

おれも、大学で似たような感じになった。

中学と高校ではすんなりサッカー部に入ったから、そこですんなり友だちができた。でも大学ではサークルに入らなかったので、初めの半年は友だちがまったくできなかった。

ヤバいと思い、おれはその半年が過ぎてからサッカーのサークルに入った。高校以来、久しぶりに球を蹴《け》りたくなってもいたのだ。

もちろん、サークルに入れてはもらえた。でもすでに人間関係はできあがってて、おれはまったくなじめなかった。別にのけ者扱いをされたりしたわけではない。でもどうにもならなかった。中高では周りに味方がいたから好きにやってられたのだとわかった。思った以上に自分が軟弱であることもわかった。

結局、おれはこれまた半年でそのサークルに出なくなった。言いづらかったので、やめるとも言ってない。その後しばらくは、学内でサークルのメンバーと出くわすと互いに目を逸《そ》らしてしまう、というような気まずい状態が続いた。

そのころなのだ、おれが親父にそばのあれこれを習ったのは。サークルに入る前ぐらいから、入ったけどうまくいかねえなぁ、となってるあたりまで。要するに、やることがなかったから習いはじめた。で、いくらか前向きになってサークルに入ってみたら、うまくいかなかった。そして親父ともうまくいかなくなり、習うのもやめて、バイトを始めた。そんな流れ。

でもそこからは多少持ち直した。二年生から入ったゼミではカノジョもできた。

そう。カノジョ。下条萌由《しもじょうもゆ》。知り合ったのは二年生になったときだが、付き合ったのは三年生の年明けから。何となく、そういうことになった。

それからすぐに就活が始まった。おれも萌由も、そこまで苦戦することもなく、内々定をもらえた。ともに六月。早くもないが、遅くもない。

おれが厨房機器会社に入ったのに対して、萌由は産業ガス会社に入った。エネルギーとしてつかわれるLPガスや都市ガス以外のガスをそう呼ぶらしい。

二十一歳から付き合ったんだから例えばおれらが結婚するようなこともあるかもな、と当時は思ってた。

なかった。

おれは茅場町の中央営業所に配属されたが、萌由は実家に近い埼玉支社に配属された。その後一年ほどで別れた。何というか、微妙に遠くなってしまったのだ。距離的にも、気持ち的にも。

もう別れる？　と言ったのはおれだった。そうだね、別れよう、と萌由は言った。変にもめるようなことはなかった。だから今も、たまにＬＩＮＥのやりとりはする。カレシカノジョからゼミ仲間に戻れた感じだ。萌由は一歳下の妹葉由《はゆ》とかなり仲がよかったので、おれはその葉由のＬＩＮＥのＩＤまで知ってる。さすがにやりとりをすることはないが。

と、まあ、芋づる式に元カノのことまで一気に思いだし、おれは目の前の和太に言う。

「で、結局はやめちったのか。高校」

「そう。あと二年半は無理だなと思ったから」

「バイトもやめたって？」

「何だよ。そこまで言っちゃってんのかよ」

「お母さんも心配してんだろ」

「にしても、普通、そば屋に言うか？」

「お前が歳上のおれにあんな口をきいたから、言うしかなかったんだよ」

「そっちが客を呼び捨てするからだろ」

「だからそれはあの場で謝ったろ。おれだけじゃない。お前のお母さんも、和太が失礼な口のきき方をしちゃってごめんなさいとおれに謝ってくれた。大人はな、謝るんだよ。自分のガキがしたことも、謝らなきゃいけないんだよ。お母さん、お前がうるせえ音を出して迷惑をかけてる近所の全員に謝りたいと思ってると思うぞ」

「うるせえよ」

「お前はその千倍うるせえからな」

「いや、何、百倍から増やしてんだよ」

「お、気づいたか。ついでに自分の愚かさにも気づいてくれりゃいいんだけどな」

「だからうるせえよ」

「お前はその一万倍うるせえからな、と言いたいとこだけど、言わない。代わりに、おれは大人だから、謝っとくわ」

「あ？」

「また呼び捨てしてごめんな。和太くん。今は客じゃねえけど、ごめんな。和太くん」

「うわぁ。もう」

「何？」

「マジでうるせえわ」

そう言いながらも、和太がちょっと笑うので、おれもちょっと笑う。


「まちがってたらすいません」と、おれは二人掛けのテーブル席でカレー丼を食べてる男性に言う。「もしかして、宮島《みやじま》くん？」

「あ、はい」

「でしょ？　やっぱそうだ。宮島大地《だいち》くんだよね？　さっきからずっとそうじゃないかと思ってたの。宮島くんなら言ってよ」

「ぼくのことは、覚えていらっしゃらないだろうと思ったので」

「いや、覚えてる覚えてる。よくお母さんと食べに来てくれたもんね」

「そう、ですね」

今から十年以上前。おれが親父にそばのあれこれを習ってたころだ。和太を知ったのと同時期。おれ自身よく店にも出てた。だから覚えてる。

和太がそうであるように、高校生ぐらいの歳の男子が母親と二人で店に来たりはしない。でも宮島くんは高校生なのに母親と二人で来てた。だからこそ覚えてるのだ。おれ自身はむしろ和太派で、へぇ、こんな子もいるんだな、と思ったから。

宮島くん、月に一度は来てくれてた。話したことは、そんなにない。ただ、母親がたまに親父とそばのことなんかを話したので、そこにおれも居合わせることがあった。宮島くんとは、その際にちょっと話した程度だ。でも話しはしたから顔も覚えてた。そこで聞いたから名前も覚えてた。

あれから十年以上。今日の宮島くんは一人。さすがに母親と一緒ではない。

正直、店に入ってきたときは気づかなかった。でも注文を受け、顔をはっきり見たときに、あれっと思った。カレー丼をつくりながら、厨房からチラチラ見てしまった。

カレー丼は、小枝がテーブル席に運んだ。おれは厨房からその様子を観察してた。

小枝がカレー丼をテーブルに置いたとき、宮島くんは、ありがとうございます、と言った。言い流すのでなく、ちゃんと丁寧に言った。宮島くんぽいな、と思った。高校生のころからそんなだったのだ。

宮島くんがカレー丼を食べはじめてから数分後。おれは厨房を出て、テーブル席を訪ねた。で、言ったわけだ。まちがってたらすいません、と。で、まちがってなかったわけだ。

「ずっとさ、宮島くんじゃないかと思ってたの」

「そうでしたか。すいません。ごあいさつもしないで」

「いや、それはお客さんの宮島くんがすることじゃなくて、おれがすることだから」

「よく気づいてくれましたね、ぼくなんかに」

「そりゃ気づくよ」と言ってごまかす。初めは気づかなかったことは伏せる。

「でも、もう十年とか経ってますよね」

「経ってるね。ちなみに、宮島くんはおれに気づいた？　前もいたやつだって」

「気づいたというか、当然そうだろうと思ってました。息子さんだというのは、あのころから聞いてましたし」

「そうか。親父が言ってたのか」

「はい。オバに」

「オバ？」

「はい。ぼくと一緒に来てた、オバ」

「いつも一緒に来てた人、だよね？」

「そうです」

「あの人、オバさんなの？」

「はい。ぼくの母親の姉です」

伯母《おば》さんということだ。叔母《おば》さんではなく。

「そうなんだ。知らなかった」

「それは、言ってなかったかもしれないですね」

「そば屋にわざわざ言うことでもないか」

「実際、伯母さんとは親子みたいなものでしたし」

「伯母さん、だったのかぁ。でも、何、伯母さんがよく遊びに来てたってこと？」

「いえ。一緒に住んでました。母親が早くに亡くなったので」

「あ、そうなの。ごめん」

「いえ。亡くなったのは、ぼくが中学生のときです。それからは伯母さんがぼくを引きとって、育ててくれました」

「伯母さんに子どもはいなかったの?」

「はい。結婚してなかったので。東京で働いてて、そっちに住んでました」

「で、こっちに移ってきたんだ?」

「はい。ぼくが転校しなくてすむように。会社からはだいぶ離れちゃいますけど」

「それで南団地か」

そのことは知ってた。南団地に住んでるんですよ、と、当時は宮島くんの母親だとおれが思いこんでた伯母さんが親父にそう言ってたから。ここまで歩いたら結構かかるでしょ?と親父は言った。でもおそばは好きだから、と、母親改め伯母さんは言ってくれた。

そして今、おれが言う。

「南団地から歩いてきてくれてたんだよね? あのころ」

「そうですね。ぼくがというより、伯母さんがそば好きだったので。ほめてましたよ、ここのおそば」

「おぉ。それはうれしい。といっても、普通〜のそばだけどね」

「そこがいいんだと伯母さんは言ってました。って、何か、失礼ですかね」

「町にあるおそば屋さん。でも普通においしい。何を頼んでもおいしい。そうも言ってました」

「それはムチャクチャうれしいよ。おれはまだそこにいけてる自信がない」

「お店は再開したばっかり、なんですよね？」

「そう」

「前の店主さん、というかお父さんは」

「亡くなった」

「あ、すいません」

「いや。もう結構経つから。おれも初めはやるつもりじゃなかったんだけどね、何か、やることにしたの」

「今は山菜そばがあるんですね」

「うん」

「昔はなかったですよね？」

「よく気づいたね」

「伯母さんが好きなんですよ、山菜そば。あれば喜びます」

「伯母さんは、今も南団地に？」

「いえ。結婚してまた東京に住んでます。お相手の会社もそっちなので」

「で、宮島くんは？　今どこにいるの？」

「ぼくは変わってないです。今も南団地にいますよ」

「そうなの？」

「はい。そこに一人で住んでます」

「勤め先は、遠くないの？」

「ないです。むしろ近いです。ぼく、みつば市役所なので」

「え？」

「すぐそこです。市役所」

「に勤めてるってこと？　公務員てこと？」

「そうです」

「うわ、そうなんだ」

「だから、一応、この先もずっとみつばにいる予定です。何か問題を起こして懲戒免職にでもならない限りは」

「宮島くんが懲戒免職にならないでしょ」

「だといいです」

「絶対ならないよ。おれならちょっとは可能性がありそうだけど、宮島くんはゼロ」

「そうありたいです」

「市役所に勤めてるからって、市内に住まなきゃいけないわけではないんでしょ？」

「ないです。まあ、住む人が多いですけどね。やっぱり近いですし。そこで働いて市民税はよそに納めるというのも何ですし」

「あぁ、そうか。で、今日は、休み？　か。土曜日だもんね」

「はい。だから食べに来ました。先月ぐらいに知ったんですよ。こちらが再オープンしたと」

「うれしいよ。来てくれてありがとう」

「いえ。また来させてもらいます」

「それもうれしい」

「おそば屋さんのカレーはおいしいって、よく言うじゃないですか。本当においしいです。これは、何でしょう、和風、ということですか？」

「ウチは、鰹節で出汁をとったそばつゆを入れてるよ」

「それが隠し味になってるということなんですかね」

「そんな大げさなことでもないと思うけど。別に隠してないし」

「久しぶりだからおそばを食べるつもりで来たんですけど、カレー丼、の文字を見たら、ついそっちを頼んでしまいました。カレー丼はいいですよね、おそば屋さんらしくて」

「カレーライスとカレー丼、両方出す店もあるみたいだけどね」

「それは、どうちがうんですか？」

「ルーを分けてるのかな。カレーライスはまさに普通のカレーで、カレー丼はそばつゆをつかう、とか。おれは言ってみれば新人なんで、まだそこまではできないけどね。カレー丼だけで精一杯」

「ぼくもカレー丼で充分です。この丼で充分満足です」

「市役所の人にそう言ってもらえると自信になるよ。市から認められた、みたいな感じになる」

「いえ、ぼく程度では何も」

「でも、そうかぁ、宮島くん、小学校中学校とみつばで、職場もみつばだったかぁ」

「ぼく、高校もみつばですよ」

「え、そうなの？」

「はい。みっ高です。大学も地元の国立で、高校も地元のみっ高」

「マジか。おれもそうだよ」

「あ、そうなんですか」

「うん。大学は東京の私立だけど、高校はみっ高。何だ、同じだったのか」

「前は、そこまで話さなかったんですね」

「そうだね。高校生だとは思ってたけど、どこ高かまでは訊かなかったんだな。まさかみっ高だったとは」

「ぼくもまさかです。笹原さんがみっ高の先輩だとは思いませんでした」

笹原さん。宮島くんはすんなりそう言ってくれる。そう呼ばれたのは、たぶん初めてだ。

「部活とかやってた？」と訊いてみる。

「はい。サッカー部にいました」

「うぉっ！　マジで？　おれもだよ。そこも同じ。え、何、宮島くん、今いくつ？」

「二十六です」

「それは、えーと、今年、というか今年度二十七になる歳っていうこと？」

「そうです」

「じゃ、おれより三歳下だ。ちょうど入れ替わりなのか。おれが卒業して、宮島くんが入学したんだ」

「部でも先輩だったんですね」

「すげえな。マジでまさかだ」

「はい」

「ポジションは？　どこやってた？」

「中盤です。ミッドフィルダー。ずっと補欠でしたけど」

「もしかして、宮島くんの代は強かったとか？」

「いえ。弱かったです」

「おれの代も弱かったよ。中盤では、攻め的なほう？　守り的なほう？」

「一応、攻め的なほうですね。でも、フォーメーション練習のときは守備的ミッドフィルダーとか、シュート練習のときはゴールキーパーとか、そういうのもやってました。便利屋っぽい感じで」

「キーパーもか」

「はい。それはそれで楽しかったですけどね。笹原さんは、どこだったんですか?」

「サイドバック。左の」

「左はすごい。ぼくは、左足はほとんどつかえなかったですよ」

「おれは利き足が左だっただけ。で、そう、顧問は誰だった?」

「五十嵐《いがらし》先生でした」

「おぉ。五十嵐! 懐かしぃ」

五十嵐瑞信《みずのぶ》。おれが高校生のときは、まだ二十代後半。今のおれより歳下だったはずだ。

「そこも同じなんですね」

「うん。覚えてるわ。木を見て森も見ろ」

「あ、それ」

「知ってる?」

「はい。笹原さんのころも言ってたんですか?」

「言ってた。うるせえなぁ、と思ってたよ。うぜえなぁ、とも思ってた」

本来は、木を見て森を見ず。ものごとの一部や細部に気をとられて全体を見失うこと、そのたとえだ。それを五十嵐がアレンジした。一人の選手を見るだけでなく、相手チーム全体を見ろ、というようなこと。

よほど気に入ってたらしく、五十嵐は何かっちゃそれを言った。練習中だけじゃない。試合中の指示としても言った。鳴樹、木じゃねえぞ、森だぞ！　とか、木ばっか見すぎんな！　とか。うざい。

「妥協すんな、はどうですか？」と宮島くんが言う。

「あった。それはもう、ほぼ毎日言ってたよ」

「ぼくのころもです」

お前ら、練習だからって妥協すんな。高校生のうちから妥協する癖をつけんな。妥協は何も生まねえぞ！　おいおい、鳴樹、守備がそこで妥協か？　マジでうざい。

「そうか。五十嵐か。三年間？」

「はい。最後までそうでした」

「なら結構長くいたんだな、みっ高に」

「そう、なんでしょうね。あ、じゃあ、サッカー部とは関係ないですけど、笹原さん、みどり先生はわかります？　数学科の」

「わかるわかる。みどちゃん。紫なのに緑」

「はい。村崎《むらさき》みどり先生。五十嵐先生、そのみどり先生と結婚しましたよ」

「マジで？」

「はい。ぼくが三年生のときです。部の三年生は全員結婚披露宴に行きましたよ。そこで、みっ高ファオファオをやりました。余興みたいな感じで」

「みっ高ファオファオ。それも懐かしい」

運動部がよくやるかけ声だ。ファイト！　オー！　ファイト！　オー！　とただくり返すだけなのだが。みっ高のはそれを超高速でやるから、ファオファオになる。全員の息が合わないとうまくいかない。結構難しいのだ。高速の餅《もち》つきみたいなもんで。

「五十嵐とみどちゃんかぁ」

「はい。それはぼくらも驚きました」

「五十嵐は、体育科だよね？」

「そうですね」

「なのに数学科のみどちゃんと結婚したのか」

「五十嵐先生は再婚でしたけどね」

「あ、そうだ。あいつ、バツイチだった。おれの在学中にそうなったんだ、確か」

おれは五十嵐に体育を習い、みどちゃんに数学を習ってた。五十嵐は若くてうざかった。みどちゃんは若くて初々しかった。まだ教師になり立てだったのだ。

村崎みどり。名前に三つも色が入ってた。紫と緑。それともう一つ。黄緑だ。

おれがそれを指摘すると、みどちゃんはうれしそうに言った。

あ、ほんとだ。二つはいつも言われてたけど、三つは言われたことなかった。黄緑！　笹原くん、よく気づいたね。

そしてパチパチパチ～と口で効果音をつけながら控えめな拍手をして、にっこり笑った。

あぶなかった。もう少しでみどちゃんを好きになるとこだった。というか、もうなってた。でも知らないうちに五十嵐にとられてたのか。五十嵐。妥協せず、森から一番いい木を選びやがった。

おれは中学高校とサッカーをやってた。高校の部でも、一応、レギュラーだった。言ったように、ポジションは左サイドバック。左足がつかえるのとスタミナがあるのとでそうなった。

別にサッカーがうまかったわけではない。まさに左足がつかえただけ。宮島くんが左足をほとんどつかえなかったように、おれも右足はほとんどつかえなかった。

もともと左利きだったのだ。箸やペンを持つのは、幼稚園ぐらいで右に変えられた。早めにそうするよう、親父が母ちゃんに言ったらしい。だから今は包丁も右手でつかう。左手でもつかおうと思えばつかえるが、右手のほうがしっくりくる。

おかげでボールも右手で投げられるようになった。だから野球やソフトボールでピッチャーかファーストか外野しかやれない、なんてことはなかった。ちゃんとセカンドやショートやサードもやれた。

利き手と利き足が初めからちがうことも、特に利き手が左の人の場合は結構あるという。おれはどちらも左。そこまで変えられはしなかったから、利き足は左のままだった。

サッカーは野球とちがい、左利きにデメリットはない。左足がつかえると、むしろ重宝される。おれも重宝され、すんなり左サイドバックになった。

技術は大してなかったが、スタミナを活かしてガンガン攻め上がった。実際、試合で三点ぐらいはとってる。その代わり、おれが上がりすぎたせいで守備が手薄になってとられた点も多い。三点以上、かもしれない。

攻撃力を活かして鳴樹をフォワードにコンバートしよう、なんて話は残念ながら出なかった。スタミナはあってもスピードはない、そのうえ技術も大したことない選手に、そんな話は出ない。

しかもウチには、岩上航一郎《いわがみこういちろう》という絶対的なエースフォワードがいたのだ。サッカー部員としてもエースで、みっ高生男子としてもエース。竹林希弥《たけばやしきや》という女子エースと付き合ってた。

この航一郎も、おれと同じで、みつばに住んでた。ベイサイドコートというマンションだ。でもそこは三丁目なので、中学はちがった。おれはみつば北中で、航一郎は宮島くんと同じ南中。

その南中にいいフォワードがいることは、北中サッカー部時代から知ってた。それが航一郎だった。たまたま偏差値が近かったらしく、みっ高で一緒になった。

航一郎はムチャクチャうまかった。ただ一人、一年生でレギュラーになった。航一郎一人がスターで、それ以外の十人はその足を全力で引っぱる係。おれらの代のチームはそんなだった。

航一郎には、航志郎《こうしろう》と駿一郎《しゅんいちろう》という三歳下の弟がいる。双子だ。長男が航一郎で、次男と三男の双子が航志郎と駿一郎。ややこしい三兄弟だが、航一郎に言わせればこういうことになる。

おれの航と一を分けてつかったんだよ。二人めもまた郎にするつもりでいたらしいけど、予想外に双子だったから、いい名前を思いつけなかったんだろうな。

航志郎の志はいいとしても、駿一郎の駿はどっから来たわけ？　おれがそう訊くと、航一郎はこう答えた。知らねえよ。おれの親に訊けよ。

航一郎の父親の名前に郎は付かない。優介《ゆうすけ》さん、だという。いい名前を思いつけなかったにしても、次男と三男の名前に長男の漢字をつかうあたりに人のよさを感じる。

実際に会ったときも、そう思った。おれが高校生のときに一度、航一郎を連れて店に食べに来てくれたことがあるのだ。高校で航一郎が息子さんと仲よくさせてもらってるそうで、と、おれの親父と母ちゃんにわざわざあいさつをしてくれた。

そう。思いだした。

そのとき。こないだ鳴樹のアシストで点をとりましたよ、と航一郎も言った。実はその試合でおれはオウンゴールもやらかしてた。クリアをミスって、ボールを自分たちのゴールに蹴り入れてしまったのだ。でも航一郎はそれには触れないでくれた。そのオウンゴールが決勝点となって、みっ高は負けたのだが。

弟の二人、航志郎と駿一郎とは会ったことがない。でも話は聞いてる。二人はともにサッカーをやってたらしい。ともに航一郎を凌《しの》ぐほどうまかったらしい。だから高校は私立の名門に進んだ。プロとかそこまではいかなかったが、二人のどちらかは大学の体育会で、どちらかは地域リーグのクラブでサッカーをやったはずだ。

航一郎も、今はもうみつばにいない。都内に住み、光学フィルムなんかをつくる会社で働いてる。光学フィルム。って、何だかよくわからないが、航一郎自身がそう言ってた。

去年の終わり。航一郎は店に来てくれた。何と、希弥を連れてだ。みつ高で付き合ってた竹林希弥。卒業後もずっと付き合ってたわけではないが、再会し、また付き合うようになったという。

希弥も都内に住んでる。包装用品や事務用品を扱う専門商社で働いてるそうだ。

二人は毎週デートをしてるらしい。で、その週は、デート場所にそば『ささはら』を選んでくれたわけだ。

結婚すんの？　とついストレートに訊いてしまった。どう？　と航一郎が言い、さあ、と希弥が言った。うわ、これはする感じじゃん、とおれは言った。マジで、いずれはそうなるのだろう。

と、そんなみっ高サッカー部関連のあれこれを思いだしたあとで、おれは宮島くんに言った。

「で、そう、宮島くんは国立に行ったんだ？　大学」

「はい」

そのあたりも、宮島くんは丁寧に説明してくれた。

初めから少しでも学費が安い国立大に行こうとしてたそうだ。自分を引きとって育ててくれた伯母さんに負担をかけまいとして。学部は法政経学部。経済学コースだったらしいが、法も政も少しはかじったという。で、卒業後は市役所へ。

歳下ながら、すげえな、と思う。ちゃんとしてんな、と。

わけもなく東京の私大に行ったおれとはちがうのだ。いや、おれも別にわけもなく行ったのではないが。まあ、みつばから東京の大学に通うのは普通だからそうした、という程度のわけしかなかったことも確かだ。

みつばから出た人。みつばに住み、よそで働く人。いろいろな人がいる。

たぶん、数はとても少ないが、みつばに住み、そこで働く人もいる。まさにおれと宮島くんだ。

その同志宮島くんに言う。

「市役所ってさ」

「はい」

「そば屋に出前をさせてもらえるのかな」

「あぁ。どうなんでしょう」

「郵便局なんかと同じで、食堂があるか。そこでそば食えるか」

「食べられますけど。出前をとっちゃダメということは、ないと思います。そのあたりは自由なはずです」

「逆に、あれか、役所でそういう規制はできないか」

「はい。ただ、部署によるんですかね。さすがに、窓口がある部署で出前はとりづらいでしょうし」

「苦情が来ちゃうよね、市民から。そばとかとってんじゃねえ、見えるとこでそば食ってんじゃねえって」

「まあ、見えるところで食べはしないでしょうけど。でも、それこそ部署によってはどうしても席を離れられないなんてこともあるでしょうから、そんなときに出前をとれたらたすかるかもしれません」

「そんなときはウチが出前をしますよ、と言っておいて。無理はしなくていいから」

「わかりました。言っておきます」

市役所。そこの人たちが定期的に出前をとってくれるようになったら、それはデカい。

「カレー丼、ほんとにおいしかったです。ごちそうさまです」

「邪魔してごめん。まさかみっ高サッカー部の話までできるとは思わなかったから、つい」

「ぼくもできると思わなかったですよ」

「もう先輩ヅラはしないからさ、また来て」

「来ます。先輩ヅラは、してください。実際に先輩ですし。いや、その前に。先輩ヅラ。まったくしてなかったですよ」

宮島大地くん。ありがたい。

神。神客。

バイクで丼の回収に向かう。

みつば一丁目。古越滝造《ふるこしたきぞう》さん宅。たぶん七十代のご夫婦が二人で住んでるお宅だ。

今日の開店直後、午前十一時すぎに電話をかけてきてくれた。出前は名字だけでも受けるが、古越さんは小枝にフルネームを言ってくれたらしい。

で、着いてみると。表札にもちゃんと、古越滝造、と書かれてた。

新しいお宅だと、表札に書かれてるのは名字だけ、何なら漢字ですらなくローマ字表記、ということも多いが、古越さん宅はフルネームの漢字表記だった。楷書《かいしょ》体で、古越滝造。ゆっくりと声に出して読みたくなる感じだ。

門扉のわきの塀に付けられた表札がそれ。で、表札はもう一つ。玄関のドアのわきにも付けられてた。そちらは手書きで、やはり楷書体。古越滝造、のわきにもう一人。鶴《つる》。奥さんだろう。

注文は、月見うどんとたぬきそば。届けた際、丼は食べたらすぐに洗って出しておきますよ、と鶴さんらしき人が言ってくれた。その親切を無駄にしないためにも、昼営業終わりに回収に行ってしまうことにしたのだ。

で、愛車の中古スーパーカブでトロトロ走ってたのだが。

プロロロロ〜ッと音がしたかと思うと、数十メートル前方で、原付バイクが左折してきた。マフラーを換えただけでなく、たぶんリミッターカットもしてるはずだから、おれのカブよりはスピードが出る。おれもトロトロ走りをやめ、カブなりにスピードを出してあとを追った。

住宅地だからか、和太も大してスピードを出してはおらず、おれはすぐに追いついた。ピッと短い警笛を鳴らし、自分の存在を知らせた。

和太はチラッと後ろを見て、大きめの声で言った。

「何だよ」

おれも大きめの声でこう返した。

「公園！　第二公園！」

ということで、二人、前に会ったみつば第二公園に向かった。丼の回収はあとまわしになるが、まあ、しかたない。

公園の手前まで来ると、おれはさらに言った。

「エンジンは止めろよ！」

和太は従った。公園に入るとこでバイクを停め、エンジンも止めた。おれも続いた。

ともにバイクを引いて公園に入り、それをベンチのわきに駐めた。そしてヘルメットをとって、座った。一つのベンチに並んで座ったのではない。一人ずつ、二つのベンチに座った。

「警察かと思って、あせったよ」と和太が言う。

「何であせんだよ。スピードは出してなかったろ」

「そうだけど。警察は、やっぱあせるじゃん」

「それは、やましいことがあるからだろ」

「なくてもあせるよ」

「まあ、お前みたいなガキは、探せば何か出てきそうだしな」

「いや、だからおれはたばことか吸わねえって」

「ならびくびくしなくていいだろ」

「別にびくびくはしてねえよ。いきなりだからあせっただけ」

「あせんなよ」と言いはするが。

わからなくはない。おれも、出前中に前からお巡りさんのバイクが来ると、だいじょうぶだよな、何も違反してねえよな、とつい思ってしまう。小物ぶりを発揮してしまう。

「で、何だよ」と和太。「出前中じゃねえの？」

「中だったけど、お前を見たから中断」

「何か用？」

「用は用だな」

「早くしてくれよ。暇じゃねえんだから」

「うそつけ。暇だから原チャリでプラプラしてたんだろうよ」

「わざわざ時間をつくってプラプラしてたんだよ。って、それはいいよ。何？」

「お前さ」

「ああ」

「高認を受けてみろよ」

「あ?」

「高認だよ。知ってんだろ? 高等学校卒業程度認定試験。それに受かれば高卒程度の学力があると認められて大学の試験を受けられるようになるやつ」

「知ってるけど。何だよ、いきなり」

おれにしてみれば、いきなりでもない。前にここで和太と会ってから、いろいろ考えたのだ。まずはあの木場さんのことを思いだして。中卒で苦労したという木場さんの話をあらためて思いだし、より身近なものと感じるようになって。

宮島くんに会ったことも、もしかしたら少しは影響してるかもしれない。これがあの宮島くんなら心配はいらない。自分でどうにかできる。そう思える。でも和太に対しては、思えない。どうしても心配になる。ほうってはおけない感じに、なってしまう。和太自身のことだけでなく、おれは明日音さんのこともある程度知ってるから。

明日音さんは、産直スーパーを運営する会社に勤めてる。和太が三歳のときから、ずっと一人で育ててきた。結婚してたときの名字は細江《ほそえ》。だから和太も生まれたときの名字は細江だ。でも三歳までだから、たぶんそのころの記憶はない。たぶん父親の記憶もない。

それはすべて母ちゃんから聞いた。母ちゃんは、店ででなく、駅前の大型スーパーでたまたま会った明日音さんから聞いたそうだ。立ち話というか、座り話で。自販機でカップのコーヒーを買い、今のおれと和太みたいにベンチに座って話したらしい。

そんなことおれに言っちゃっていいの？　とおれは母ちゃんに言った。店のお客さんが自分で教えてくれたことだから鳴樹も知っておきなさい、と母ちゃんは言った。明日音さんのことというよりは和太のこととして知っておけというつもりだったのだと思う。

「和太さ、いや、和太くんさ、お前、高認に受かって、大学も受けろよ」

和太は少し考えて、言う。

「大学は、いいよ」

「何でだよ」

「金もかかるし、めんどくせえし。そっちだけでいいよ。その高認てやつだけで」

「それじゃ意味ねえんだよ」

「何で？」

「高認に受かれば高卒になるってわけじゃないから」

「そうなの？」

「そう。あくまでも、高校を卒業したやつと同等以上の学力があると認められるだけ。まさに認定されるだけ。履歴書に高卒とは書けない。まあ、高認に受かったことは書けるし、なかにはそれを評価してくれる会社なんかもあるみたいだけど。でも高卒と見てはもらえない」

「何だ。そうなのか」

「ってことはだ」

「うん」

「お前は三年間通ったわけじゃねえんだろ？　ちゃんと学校生活を経験してるわけじゃねえんだろ？　ただ学力があるだけなんだろ？　と見る会社もあるってことなのかもしれない」

「じゃ、意味ねえじゃん」

「なくねえよ。大ありだよ。それに受かることで、大学とか専門学校とか公務員とかの試験を受けられる。仮に大学に受かったとしてな。卒業すれば、それでもう大卒だよ。お前は高卒じゃないから大卒にもしてやんない、なんてことはない。そんな意地悪はされない。専門学校も公務員も同じ。そこまで行ければ、高校をやめたことでのマイナスはなくなる。なくせる」

「でも、簡単では、ないだろ？」

「ないだろうな。簡単なら、全員がそっちを受けて、高校分の三年間は遊んじゃうよ。ただ、つまずいた人に巻き返しの機会を与えましょうって制度なわけだから、十パーセントしか受かんないなんてこともない。ここ何年かはずっと四十パーセント以上が受かってる。四十だぞ。半分近くが受かってるってことだ。科目数が多いから大変だけど、本気でちゃんとやれば受かるんだよ」

「科目数が多いっていうのは？」

「私立の高校とか大学とかみたいに三科目ってわけにはいかない。公立の高校みたいに五科目ですらない。理科の選び方次第で八科目か九科目になるらしい」

「何それ」

「といっても、社会のなかで三科目とか、理科のなかで二、三科目とか、そんなふうに分かれてるだけだから、まあ、五科目のようなもんだ。美術もやれとか音楽もやれとか、そういうことじゃない。誰もお前にそこまでは求めない」

「うーん。でもおれ、高校に入るときも勉強してねえからなぁ」

「なのに受かったと見ることもできるよな」

「つっても、大した学校じゃねえし」

「公立に落ちたのだって、竜斗くんがいなくなって気持ち自体も落ちてたからなんだろ？」

「まあ、そうだけど」

「そのときのことはもうしかたない。今さら何も変えられない。これからお前がどうするかだ。自分でやる気になれるかだよ。なって、周りに追いついて、追い越すか。それとも、今のままうるさくその辺を走りまわって、周りにもっと置いてかれるのを待つか。二十歳すぎからやっと動いても、どうにもなんねえぞ。残念だけど、それが現実だ。何歳だって、たぶんやり直せないことはない。でも早いに越したことはない。お前、今だってもう、ちょっとわかってんだろ？　このままでいいとは、思ってねえよな？　このままじゃヤバいと、思ってるよな？」

和太は答えない。が。このままでいいと思ってるよ、このままじゃヤバいとは思ってねえよ、とは言わない。それが答みたいなもんだ。

「でな」とおれは言う。「試験は年二回ある。八月と十一月。どっちも受けられる。しかも、一回に全部受かんなくていい」

「どういうこと?」

「受験は一科目ごとで、受かった科目は次のときに受けなくていいんだよ。その科目はもう受かってるってことにしてもらえる。だから次は、受からなかった苦手科目だけ勉強すればいい。そうやって一個一個減らしていけるんだよ。そんなら、科目数が多くてもやれそうだろ?」

和太は横からおれを見て、言う。

「それ、調べたのかよ」

「調べたよ。どんな仕組になってんのか、おれも知らなかったから。で、公的な制度にしては親切だなと思った。年二回やってくれるとことか、一回で全部受かんなくていいとことか。普通さ、一回で全部受かんなきゃダメ、となりそうなもんだよな。でもそうじゃない。ちゃんと機会を与えようとしてくれてんだよ。お前のお母さんだって調べたと思うぞ。実際、一度ぐらいは言われたことあんだろ? 高認のこと」

それには答えず、和太は言う。

「おれは、やれんのか?」

「願書はゴールデンウィーク明けまで出せるらしいから、とりあえず、出せ。で、そんなに時間はないけど勉強して、八月の試験を受けろ。落ちてもいいんだよ。別に損はねえんだから。受からなかった科目はまた十一月に受ける。落ちたら、来年の八月。そこで全部受かれば、大学の受験勉強ができるぞ。で、次の年の二月の入試に受かれば、一浪したやつと同じ歳でお前も大学生だよ」

「だからそう簡単にはいかないだろ」

「いかないだろうな。だからそれは和太のがんばり次第だよ。じゃなくて、和太くんのがんばり次第だ」

「もういいよ、それ」

「ん？」

「呼び捨てでいいよ。和太くんとか、気色わりぃよ」

「やめていいんだな？　お客さんを呼び捨てしていいんだな？」

「いいよ」

「よし。今の、ちゃんと録音したからな」

「いや、してねえだろ」

「おれの脳にしたんだよ。もう消せねえからな。お前のことは永久に呼び捨て。まあ、とにかくやってみろ。受けてみろよ。マジで早いに越したことはない。今言った形なら、マジで巻き返せっから。ダメならダメで、次の年にまた受けりゃいい。それでもまだ二浪の感じだからな。そうこうするうちに何かやりたいことでもできたら、専門学校に行ったっていいし」

「大学も専門も、金はかかるよな」

「かかるけど、お前のお母さんは初めからそのつもりだろ。お前を進学させるつもりでがんばってくれてたんだろ。なのに高校をやめられちゃったから困ってる。バイトをするからっていうんでバイクを買ってやったらマフラーを換えられちゃってるし。うるせえ音を出されちゃってるし。一人でお前をここまで育ててきて、何でそんな目に遭わなきゃいけねえんだよ。一人だからか？　お前に親父を与えてやれなかったからか？」

「そうじゃねえよ。別にそんなふうには思ってねえよ」

「考えてみ？　お前なんかに、ほかの誰がかつ丼とってくれんだよ」

「あ？」

「たとえおれのせいで味が落ちたかつ丼だとしても、ほかにとってくれる人なんていねえだろ？」

「そりゃあ、親なんだからとるだろ。子にメシは食わすだろ。当然だろ」

「はい、和太、正解。そうなんだよ。当然なんだよ。おれも親父と母ちゃんを亡くしてやっとわかった。親はな、すげえんだよ。おれら子どもにメシを毎回おごってくれてんだよ。毎回だぞ。一回も欠かさずにだぞ。親だから当然。そりゃそうだ。でも毎回って、すげえと思わね？　そんなことできねえよって、思っちゃわね？　おれはじき三十なのに思うよ」

「じき三十、なの?」

「ああ。七月の誕生日で、三十」

「おっさんじゃん」

「うるせえな。お前も、気がついたらもう三十だぞ。二十代の後半ぐらいからはあっという間だぞ。だからこそ、今モタモタしてちゃいけねえんだよ。原チャリでただプラプラしてちゃいけねえんだよ。そんでだ、お前に一つ提案がある」

「ん?」

「提案というか、命令だな。みつば北中の先輩からの」

「何」

「お前、ウチでバイトしろ」

「は?」

「そのバイクじゃなく、このバイクに乗れ。ウチのカブに」

「マジで言ってんの?」

「大マジで言ってる。出前の手が必要なんだよ。毎回おれが出てると、店が手薄になる。そこにいる小枝ってのがもうそばとかは全部つくれんだけど、昼どきに一人だと大変なんだよ。お前ならちょうどいい。家も近いし、つかいやすい」

そう。近い。小枝を雇ったのと同じ理屈だ。

「勉強もしなきゃいけないから毎日とは言わない。忙しそうなときに出てくれよ。昼と夜二時間ずつとか。そのくらいならお前もちょうどいいだろ？　慣れない勉強だけじゃストレスもたまるだろうから、出前やれ。ストレスは、そのうるせえバイクじゃなく、カブに乗って発散しろ。ハンバーガー屋でバイトしてたんだから、ありがとうございましたぐらい言えるよな？　お釣りの計算ぐらいできるよな？」

「レジはやってなかったよ」

「にしても、五千円引く千六百円がいくらかぐらいは、わかんだろ？」

「それわかんなかったら、高認に受かんないだろ」

「お、何だ、偉そうに。でも、まあ、そうだな。それがわかりゃ高認にも受かるよ」

「って、それはナメ過ぎじゃね？」

「ナメ過ぎだな。おれはいい。お前がナメなきゃそれでいいよ。ってことで、バイト、やるな？」

「命令、なんだろ？」

「そう。命令」

「そんなら、まあ、やるよ」

「よし。やれ。決定。いやぁ、そうなると、おれもこれから大変だ」

「大変なのはおれだろ」

「おれだって大変なんだよ。お前に払うバイト代も稼がなきゃいけないんだから。やってみてわかった。店やんのって、楽じゃねえんだよ。お客さんは思ったより来てくんないし」

「そうなの?」

「思ったよりな。最初の見込みが甘かった。来てくれた人は全員リピーターになる、くらいのつもりでいたからな」

「それはバカ過ぎだろ」

「そう。おれもお前と競るぐらいバカだった。だから、これからだよ。おれもお前もこれから。どちらかといえば、じきおっさんのおれのほうが大変かもな」

ベンチの背にもたれ、みつばの空を見る。雨が降りそうだがどうにか持ちこたえてる空だ。青くはない。白い。

この手の全体的に白い空の白って何なんだろうな、と思う。空全体が薄い雲に覆われてるってことなのか。それとも、青が、何だか知らないけど白に見えちゃってるってことなのか。じき三十なのに、知らないことは多い。というか、じき三十でも、知らないことだらけだ。

「あのさ」と和太が言う。

「ん?」とその白空《しろぞら》を見たままおれが言う。

「味変わってねえよ」

「何?」

「かつ丼」

「あぁ。マジか」

「変わったような気がしたけど、そうでもなかった」

「それは、ちょっとは変わったってことじゃないのか？」

「いや。考えたら、そんなこともない。たぶん、おれが久しぶりにかつ丼食ったからそう感じただけ。つーか、小学生のときに食ったかつ丼の味とか覚えてねえし」

「それは覚えてないか？」

「ないだろ。イメージというか、そんなのがあるだけ。うまかったとか、まずかったとか」

「ウチのは？」

「まあ、うまかったんじゃねえの？」

「そうか。そのころは、おれじゃなく親父がつくってたからな」

「そもそも、どうつくったってまずくはなんないだろ。かつ丼の味なんてそう変わるもんでもないだろ」

「お前、それは味ってもんをまさにナメ過ぎ。味はな、ちょっとのことでかなり変わるぞ。砂糖を入れすぎたとかみりんを入れすぎたとか、そのくらいのことでもな。それで当然なんだよ。分量がちがってんのに味はまったく同じなんて、そんなことあるはずないからな。食べる側が気づけてないだけだ。でも敏感な人なら気づく。おれの親父なんかは、おれが分量をまちがえるとすぐに気づいたよ」

「へぇ。すげえじゃん」

「親父はな」

「息子も、そこそこすげえじゃん」

「何がよ」

「思ったより店長じゃん」

「思ったより店長って何だよ」

「思ったより、ちゃんと店長じゃん」

和太らしくバカっぽい言葉だが。同じくバカっぽいおれには伝わる。言いたいことはわかる。

思ったより店長。悪くない評価だ。

夏

荒《あら》瀬《せ》康《やす》恵《え》 と きつねそば

カブに初めて乗ると、たいていの人はとまどう。運転操作がスクーターとはちがうからだ。スクーターは、言ってみれば自転車っぽい。ハンドルにブレーキレバーが付いてる。右が前輪で、左が後輪。レバーを手で握ることでブレーキをかける。自転車と同じ。

でもカブはちがう。ハンドルの左手部分にはレバーがない。後輪はフットブレーキ。車みたいに右足でペダルを踏む。そして左足でもペダルを踏むことでギアチェンジをする。スクーターにギアチェンジはないが、カブにはあるのだ。

和太も初めはとまどったが、すぐに慣れた。初日の夜には慣れ、三日後にはもう乗りこなしてた。さすが十代。若い。

スピードは時速三十キロまでに抑えろよ。信号は全部守れよ。一時停止は全部止まれよ。ヘルメットはちゃんとかぶれよ。

と、初日のスタート前に言い聞かせた。運転操作そのものについてよりもそちらに時間をかけた。みつばは住宅地。注意しないとあぶないのだ。学校があるから、スクールゾーンも多い。

児童生徒を相手に事故を起こしてしまったら大変だ。それこそ店は終わってしまう。そこはもうそのままはっきり伝えた。それだけで店は終わるからな、と。店長もバイトも関係ない、お前は店を代表してバイクに乗ってんだからな、と。

わかったよ、と和太は案外すんなり言った。気をつけるよ。おれもガキをはねたりはしたくないから。

で、実際に気をつけた。

お待たせしました、そば『ささはら』です、も、ありがとうございました、またお願いします、も、すんなり言えたらしい。

以後も順調。釣銭をまちがえるようなこともなかった。暗算はむしろおれより速いのだ。おれよりは速く小枝よりは遅い、という感じ。

和太は勉強も始めた。

高認受験をすすめたからにはおれにも責任がある。ということで、問題集を買ってやった。同じものを買ってしまわないよう、和太が勉強を始める前に渡した。過去三年分の問題集。主要三科一冊と理科系一冊と社会系二冊の計四冊。八千円近くかかった。

和太は小枝ともうまくやってる。いや、これは小枝がうまくやってくれたと言うべきだろう。バイトの初日から、小枝は和太を和くんと呼んだ。和太もその呼び名を受け入れた。むしろ気に入った感じだ。

で、七月七日。ついに三十歳になった。

そう。おれは七夕生まれなのだ。

でも今年も織姫は会いに来てくれなかった。まあ、知り合ってないのだから、会いに来てくれるはずもない。

ノー織姫もさびしいので、代わりに自分でケーキを買った。どこでって、不二家でだ。そば『ささはら』の開店前に抜け出して、ササッと行った。

一つというのも何なので、ケーキは三つ買い、店で暇を見て小枝と和太と食った。

苺のショートケーキとマロンモンブランとチョコ生ケーキ。

その日はチョコ生ケーキを食うつもりでいたが、和太がそれを望んだので、譲った。ならば苺のショートケーキかな、と思ったが、小枝がそれを望んだので、やはり譲った。結局おれはマロンモンブランになった。まあ、それも好きだから問題はない。

食ってる途中で、和太に言われた。

「ケーキなんて買うんだ?」

「おれ、誕生日なんだよ」と返した。

「うわ、きしょっ。自分の誕生日にケーキ買ってんのかよ」

「あれば二人も食うかと思って買ったんだよ」

おれがそう言うと、小枝がこう言った。

「何だ。言ってくれれば、ケーキぐらいわたしがつくったのに」

「あぁ、マジか」と和太。「おれ、そっち食いたかったなぁ。プロがつくったケーキ」

「わたしはプロじゃないよ。プロになれなかった人」

「不二家こそプロだろ」とおれ。「大手を甘く見んじゃねえぞ、和太。安定して高品質なものを全国規模で提供するって、ムチャクチャすげえことだからな」

その後、ジメジメした梅雨が終わり、ようやく夏。もりそばやざるそばの季節になった。

丼ものは変わらず出るが、そばではやはりもりやざるが圧倒的に出る。天もりや天ざるも同じ感じで出てくれればいいのだが、そうはいかない。やはりもりやざるに偏り、客単価は下がる。暑くなれば食欲も落ちるからしかたない。

女性だと、温かいそばやうどんを頼んでくれる人もいる。冷房が苦手な人は食べもので一度体を温めたくなる、ということなのかもしれない。

例えば一丁目の一戸建てに住む荒瀬《あらせ》康恵《やすえ》さんも、季節に関係なく温かいそばを好む女性の一人だ。

康恵さんの場合は、きつねそば。注文はいつもそれのみ。昨日も出前をした。

行ったのは、二日間にわたる第一回の高認試験を受けたばかりの和太。

ちなみに、試験の出来は不明。おれが訊かなかったわけではない。和太自身、わからないらしい。

ということは、まあ、厳しいのだろう。自分でも出来がよくわからないテストでいいほうの結果が出ることは、おれ自身の経験上まずないから。

試験のあと少し休んでもいいぞ、と言っといたのだが、試験で二日休んだからいいよ、と言って、和太はバイトに出てきた。バイト代が減るのは痛ぇから、とも言って。

昼と夜の二時間ずつではあるが、和太は結局、週六日入ってくれてる。ここなら学校より楽だし、なんて言ってる。

そして今日。和太が自らその荒瀬さん宅に行き、丼を回収してきた。午後一時半前。上がる直前だ。

「はいよ」と和太が店でその丼をおれに渡す。

「いや、お前、これ、ウチのじゃねえよ」

「え？」

「ウチの丼じゃねえよ」

「マジで？」

「昨日お前が届けたやつとちがうだろ」

「そうだっけ」

「同じ灰色だけど、こっちはちょっと薄い」

丼はすべて同じものをつかってるわけではない。それは親父の代からそう。全部同じだと味気ないので、むしろちがうものをつかうようにしてるのだ。

「あぁ。そういやそうか」と和太。「でもこれが外に出てたよ」

「じゃあ、荒瀬さんがまちがえたんだな」

「ならもう一回行ってくるよ」

「いや、いい。時間だし、お前はもう上がれ。おれが行く」

「まちがったんだから自分で行くよ」

「いい、いい。お前がまちがったわけじゃないよ」

「でも気づけなかったし」

「つくってるおれか小枝じゃなきゃ気づけない。だからいい。これは店長の仕事だよ。お前は家に帰って勉強しろ。また夜頼むわ」

ということで、昼営業が終わる二時になるのを待って、おれが再回収に出た。

荒瀬家の丼を返し、ウチの丼を引きとる。確かにこれは店長の仕事だ。バイトまかせにすることではない。

荒瀬さん宅は一丁目の端。歩けば十分近くかかる。でもバイクなら二分。早い。

塀の前にバイクを駐め、ヘルメットをとる。そして門扉のわきにあるインタホンのボタンを押す。ウィンウォーン。

丼を出しといてくれたとはいえ、今はいないかもしれない。康恵さんは高齢。髪はすべて真っ白の、まさにおばあちゃんという感じの人だ。たぶん、八十代。だからそんなには出かけないだろうが、病院に行ったりする可能性はある。

待つこと数秒。プツッという音に続き、声が聞こえてくる。

「はい。どちらさま?」

「お世話になっております。『ささはら』です」

「はい?」

「そば『ささはら』です、昨日出前をとっていただいた」

「あぁ、おそば屋さん。何かしら」

「さっき丼を引きとりに来たのですが、戻って確認したら、それがウチのではなくて。荒瀬さんがお宅でつかわれてるものじゃないかと思うんですよ」

「あら、丼?」

「はい」

「わたし、出したわよね」

「出していただきました。それが、ウチの丼ではなかったようで」

「あらあら。そうだった?」

「はい。ですので、ちょっと見ていただいてもいいですか?」

「はいはい。出ます」

またプツッという音がして、通話が切れる。

今度は十数秒後、玄関のドアが開く。康恵さんが顔を出す。

おれは門扉を開けて敷地に入り、その玄関に行く。

「これなんですけど」と丼を差しだす。

「そこのとこに出しておいたけど」

そこのとこ。門扉の裏だ。敷地内。いつもそこに置いといてくれる。

「はい。出していただいてたのがこれです。ウチの丼ではないので、荒瀬さんのじゃないですか?」

「そう言われると、そうね。ごめんなさい。まちがっちゃったのね。ほかのと一緒に洗ってごっちゃになっちゃったのかしら。一度取りに来てくれたの?」

「はい。一時間ほど前に。そのときに気づけばよかったんですが」

「お手間かけちゃった。ごめんなさいね」

「いえ。で、ウチの丼を引きとらせていただいてもよろしいですか?」

「そうね。返さなきゃ。見てみる」

「お願いします」

「玄関に入っててもらっていい?」

「いいですか?」

「どうぞ」

というわけで、入り、三和土《たたき》に立つ。

康恵さんはサンダルを脱いでなかに上がる。その際にちょっとふらつくので、心配になる。動き全体がスローモーだ。まあ、八十代にもなればそうだろう。康恵さんはまだ元気なほうかもしれない。

「ちょっと待っててね」

「はい。ゆっくりでいいですからね」

くる。


康恵さんは冗談のつもりでもないのだろうが、おれはつい笑う。高齢者の素直な発言は、時々こうしておれのツボを突くのだ。背中を向けたままそんなことを言うとこが康恵さんはかわいらしい。おれの母ちゃんもこの歳まで生きたらこんな感じになってたのかな、と思う。

康恵さんが奥へと消えて。しばらくすると、食器が当たるガチャガチャいう音が聞こえてくる。

「気をつけてくださいね。ほんとにゆっくりでいいですからね」と声をかける。

それへの反応はない。聞こえてないのかもしれない。

やがて康恵さんが丼を一つ持ってやってくる。緑がかったそれだ。

「これ?」

「それでもないですね。えーと、さっきのと似た灰色のです。ちょっと濃いめの灰色」

「あぁ。もう一つのほうかしら」

そう言って、康恵さんは再び奥へ。で、またしばしのガチャガチャのあと、戻ってくる。

「じゃあ、これ?」

「それです。ありがとうございます」

「よかった」

「僕もよかったです」

「なくしたかと思ったわよ」

「いや、さすがに丼はなくさないかと。割っちゃうことはあるかもしれませんけど」

「もし割っちゃったら、そのときはごめんなさいね」

「いえ。割れるのはいいですけど、荒瀬さんが気をつけてくださいね。急いで破片を拾ったりすると、手を切っちゃいますから」

「もうこんなだから急げないわよ」

「そこはゆっくり急がなくてもいいですからね。少しも急がなくていいです」

「それにしても。まちがえるなんて、いやだわ。きつねに化かされたのかしら」

「おぉ。きつねそばだけに」

おれがそう言うと、康恵さんはきょとんとする。自分がきつねそばを頼んだことには思い至らなかったらしい。

「とにかくよかったです。ありがとうございます。お手数をおかけしました」

「いえ、こちらこそ、二度手間をさせちゃって」

「それはお気になさらず。またよろしくお願いします」

「うん。また頼ませてもらいますよ。最近、お店はどうなの？」

「ぼちぼちですかね」

「ぼちぼちならいいじゃない」

「いや、ぼちぼちまでいかないかな。その手前、ぼたぼた、ぐらいです」

「お父さんはよく続けたよねぇ。お店」

「そう思います」

本当にそう思う。親父は、造成されたばかりのみつばで店を始めた。タイミングがよかったのだ。飲食店は『寿司玄』とウチしかなかったので、すぐにお客さんも付いてくれた。二軒でうまく棲《す》み分けもできてたのだろう。

「元気？　お父さん」

「あ、いえ。えーと、亡くなりました」

「あら、そうなの？」

「はい」

康恵さんは知ってると思ってた。店に来てくれたときに話したような気がするが、話してなかったのか。親父の代わりにおれがいるから当然そう認識してるものと、おれ自身が思いこんでしまったのかもしれない。

「亡くなられたのは、いつ？」

「六年前ですね」

「わたしよりずっと若かったんじゃなかった？」

「ずっとというほどでは。六年前で六十四でしたから、生きてれば七十です」

「じゃあ、若いわよ。わたしよりひとまわり以上若い。だってわたし、八十三だもの」

「そうでしたか。お若いですね」

「若くないわよ。しわくちゃのばあさんじゃない」

いや、しわくちゃでは、と言いそうになるが、言わない。しわくちゃという言葉を復唱するのもどうなのか、と思ったから。

「それで、今はあなたがお店をやってるのね」

「はい。ずっと閉めたままにしとくのも何だと思って」

「おそば、よく食べに行ったわよ」

「ありがとうございます」

「わたしはきつねそばで、お父さんはざるそば。お父さんは冬でもそうなの。寒くてもざるそば」

お父さん。すでに亡くなったダンナさんだろう。おれはまったく覚えてない。名前も知らない。

寒くてもざるそば、の人は確かに多い。ラーメン屋だと冬に冷やし中華はなくなってしまうが、そば屋で冬にざるそばがなくなることはない。考えてみたら、不思議だ。それだけざるそばは強いということかもしれない。

「ここに引っ越してきたときのことを思いだすよ。あのころは、ニュータウンなんて言ってたよねぇ。みつばニュータウン、とか」

「僕が子どものころもまだ少し言ってたような気がしますよ。二十年前でもとっくにニュータウンではなかったはずなんですけど。今はもう、ニュータウンていう言葉自体、古く感じちゃいますね」おれはそこで訊いてみる。「荒瀬さんは、あれですか、みつばができた最初のころに来られたんですか？　一期とか二期とか、いろいろあるみたいですけど」

「イッキ？」

「第一期分譲とか、第二期分譲とか」

「あぁ」

木場さんがそんなことを言ってた。第三期分譲みたいなときに来たと。

「ウチは、最初ではなかったのかもねぇ。こんなふうに、端だし」

「やっぱり駅に近いほうが第一期とかなんですかね」

「そうなんだろうね。言われてみれば、ウチは第三期とか、そんなだったような」

同じ一丁目。木場さんと同時期だったのかもしれない。

「もう周りは家だらけでした？」

「いや。まだ空地があったりもしたよねぇ」

「そうですか」

「蜜葉川の向こうに野犬がいたりとか」

「野犬！」

久しぶりに聞いた。

「あぶないから川の向こうには行かないように、なんて通知が娘の学校から来てたよ」

「東小ですか？」

「小学校だか中学校だったか、そこまでは覚えてないけど」

「埋立地なのに野犬がいたんですね」

「そっちはまだ野原みたいな感じだったから、飼えなくなって放しに来る人たちがいたのかもね。あそこならいいやっていうんで」

「それは、ちょっといやですね」

「まあ、今はもういないけど。散歩をさせた犬の糞《ふん》の始末をしない人も、いなくなったものね。昔は、しないのが当たり前だったけど」

「そうみたいですね」

糞をさせっぱなし。すごいことだ。町はあっという間に糞だらけになってしまうだろう。犬の散歩は毎日だし、犬は毎日糞をするわけだから。実際、そのころはどうしてたのか。されたた糞の近くに住む人がしかたなく後始末をしてた、ということなのか。

「だから、そのころにくらべたら町はきれいになったけどね。でも、みんな、歳とっちゃったよねぇ。時間が経っちゃったからね、そりゃお父さんも死んじゃうよ。死んで何年も経っちゃうよ」

「経っちゃいますね」

おれの親父が死んでからでさえ、もう六年だ。確かに早い。

「ニュータウンて、時間が経ったら、何て言えばいいの？」

「オールドタウン、なんでしょうけど。それもあんまり言わないですよね」

「そう言っちゃったら、若い人は住みたくないものね」

「でもみつばはがんばってるほうじゃないですかね。東京にも通えるから、無理に出ていく必要もないし。実際、会社にも大学にもここから通ってる人は多いし。代替わりも進んでるように見えますよ。ウチもそうですけど。オールドタウンにはしたくないですよね、できれば」

「そうだねぇ。若い人がいてくれれば、それだけで町も明るくなるからね。若いおそば屋さんも、がんばってよ」

「ありがとうございます。じゃあ、もう行きますね。またお願いします」

「ん？　何を？」

「あ、出前です」

「あぁ、はいはい。出前ね。また頼みますよ」

「では失礼します」

頭を下げ、外に出て、静かにドアを閉める。

よかった。康恵さんがいてくれてよかったし、丼の回収もできてよかった。

敷地から出て、門扉も静かに閉める。そして丼を出前機に載せ、ヘルメットをかぶってバイクに乗る。

キーをまわしてエンジンをかけ、発進。

和太は勉強してっかな。ゲームやったりしてねえだろうな。と、そんなことを思いつつ、バイクを走らせる。

康恵さんは、前に一度、店に食べに来てくれた。去年の十二月の初めごろだ。

そのときに、出前はできるのかと訊かれた。二品からできることを伝えた。

「あぁ。じゃあ、ダメだ。一人暮らしだし、二品はとても食べられない。次からもこうやって食べに来られればいいんだけどね。歳だから、スーパーからの帰りにまわり道をするのはつらいのよ。途中で何度も休まなきゃいけない」

そこでおれは自分から言った。

「そういうことなら、いいですよ。一品でも出前をします」

そのくらいの融通は利かせてもいい。こうして一度来てくれたのだからそれでもう充分。そう思った。

ただ、冗談混じりにこう付け加えもした。

「でもそれは内緒にしてください。だったらウチも、と皆さんが言いだすと、店がまわらなくなっちゃうんで」

「内緒にはするけど。でも、いいの?」

「いいです。帰りにおしながきをお渡しします。お電話をお待ちしてますよ」

「何か、わたしだけずるいみたいだねぇ」

「ずるくないです。こちらが勝手に決めたことなので」

「そうかい? ありがとうねぇ」

今も覚えてる。

康恵さんにそう言われ、いきなり鼻の奥にツンときた。

この時点ですでにおれのおっさん化は始まってたのかもしれない。おれはいよいよ涙もろいおっさんになっていくのかもしれない。


高等学校卒業程度認定試験第一回の結果が出た。

どうやって出るかと言うと、簡易書留で郵送されてくるらしい。それはおれも知らなかった。


で。

洞口和太。国語、地理、合格。

「マジか」とおれが言い、

「和くん、やるじゃん」と小枝が言った。

「二つしか受かんなかったよ」と和太。

「いや、すげえよ。おれは一つも受かんないと思ってた」

「何だよ。そうなのかよ」

「敬語をちゃんとつかえねえのに、国語、受かんのか。お前、そんなに頭悪くないんだな」

「悪くねえよ。高校受験のときは油断してただけ。本気を出しゃ受かってたよ」

「うわぁ」と小枝。「油断する人が言いそうなこと」

なよ」


「それな」とおれ。「お前、今自分が言ったとおり、二つ受かっただけだかんな。調子こくなよ」

「こかねえよ」

「気を抜かないでこのまま十一月の試験まで勉強しろよ。というか、全部受かるまで勉強しろよ。途中で、もういいや、とかなんなよ」

「気は抜かねえし、もういいや、ともなんねえよ」

そこへ電話がかかってきて、小枝が出た。出前の電話だ。荒瀬康恵さんから。注文は、もちろんきつねそば。

おれが速攻でつくり、小枝が速攻で釣銭を用意し、和太がゴー！

と、そこまではよかったのだが。ちょっと意外なことが起きた。

康恵さん、注文してなかったらしいのだ。

和太が行くと、こう言ったという。え？　頼んでないけど。お昼はもう食べちゃったし。

そう言われてはしかたない。和太はきつねそばを持って、戻ってきた。

事情を聞き、おれは考えた。

「これ、やられたんじゃね？」と和太が言う。「いたずらならマジで許さねえ」

「電話の声はいつもの荒瀬さんだと思ったんだけど」と小枝。「ごめんなさい」

「いいよ。いたずらかどうかわかんねえし」とおれ。

「いや、いたずらだろ」と和太。「もしかして」

「何だよ」

「おれのせい、とかだったりして」

「ん？　何でだよ」

「いや、ほら、前にバイクでうるさくしてたから」

「今はもうしてねえだろ」

和太。原付バイクのマフラーをもとに戻したのだ。いや、もとに戻したのかは知らないが、少なくとも、うるさくならないようにはした。明日音さんにもらったお金でではなく、おれが払ったバイト代で。

「でも、前にうるさくしてたあいつだって気づいた誰かが、いやがらせでやったのかも」

「うん」

「うるさかったあいつがそば屋の出前なんかしてやがるって？」

「考えすぎだよ。みんなそこまで暇じゃねえって」

「じゃあ、ただおもしろ半分のいたずらとか？」

「それはわかんないけど」

わかんないけど。ちょっといやな予感はする。いたずらでは、たぶん、ない。注文はいつもどおりきつねそば。康恵さん、頼んだが忘れてしまったのではないか。つまり、自分が電話して頼んだことを、忘れてしまったのではないか。

「そうだ」とおれは言う。「電話。番号が表示されるよな。履歴は残ってるよな」

「あ、そうね」と小枝が言い、さっそくそれを見る。「えーと、合ってる。いつもの荒瀬さんで、まちがいない」

「じゃあ、何、どういうこと?」と和太。「あのばあちゃんがこんないたずらしないでしょ。誰かがあの家からかけたってこと? 孫とかそんなような誰かが。で、おれが来たときは、陰から見て笑ってたとか? それはそれで許さねえ」

「勝手な想像すんな。あのおばあちゃんの孫がそんなことすると思うか?」

「いや、孫はわかんねえよ。おれみたいなやつかもしんない」

「何よ、それ」と小枝が笑う。「和くんはそんなことするわけ?」

「今はしないけど。一年前ならしてたかも」

「おいおい。たった一年前かよ。あぶねえよ、お前」とおれも笑う。そして言う。「まあ、あれだ。最近は、かけた相手の電話にニセの番号を表示させたりもできるらしいから、これだけではっきりどうとは言えない。ちょっと様子を見よう。もしこれが続くようなら考えよう。きつねそばは、昼メシとしておれが食うよ」

その後、昼営業では、もりそばざるそば攻勢が続いた。近くで工事をしてた人たちがまとまって来てくれたのだ。

ありがたいことに、もりそばやざるそばと一緒にかつ丼やカレー丼も頼んでくれた。暑さに負けてられないのだ。体をつかう人たちは。

で、その波が引いての午後一時半すぎ。一気に誰もいなくなった店に、また一人お客さんがやってきた。

五十代前半ぐらいの男性。瘦身《そうしん》で、坊主頭。それもかなり短い坊主。一ミリとか、そんなかもしれない。

「いらっしゃいませ」

「こんにちは」

「こんにちは」

「二時まで、だよね?」

「はい」

「まだいい?」

「だいじょうぶです。お好きなお席へどうぞ」

一人だから遠慮したのか、男性は二人掛けのテーブル席に座ろうとする。

すかさずおれが言う。

「もうお客さんは来ないと思うんで、よろしければ広いほうへ」

「あ、そう?」と言い、男性は四人掛けのテーブル席に座る。「ご親切にどうも」

すぐにお冷やを出す。

男性はテーブルのおしながきを見てる。

「お、山菜そばがあるの?」

「はい」

「じゃあ、それをお願いします」

「お待ちください」

おれは厨房のほうに戻り、なかの小枝に声をかける。

「山菜そば一つ」

「はい。山菜そば一つ」

今は、小枝とほぼ半々でつくるようにしてるのだ。少しでも早く慣れたい、との小枝自身の希望で。

そのうえ出前要員として和太も雇ったから、現状、店長のおれが楽をしてるみたいになってる。楽をしたいから二人も雇ってる、みたいな感じになってる。そんなことをしてられる売上状況ではないのに。

「店長さん、だよね？」

おれが厨房に入っていかないのを見て、男性が言う。

「はい」

「ほんとに若いんだね」

「いえ、もう三十ですよ」

「三十なら若いじゃない。二十代で店を持ったってことでしょ？」

「そうですけど。たまたま実家が店だっただけなんで」

「いやね、ミヨシさんに聞いて来たんだよ」

「ミヨシさん」

「うん。カーサみつばの」

「あぁ。三好たまきさん」

「そう。僕は三好さんの下に住んでるの。三好さんが二階で僕が一階。それで、おそば屋さんができましたよって、三好さんが教えてくれたわけ」

「お知り合いなんですか、三好さんと」

「まあ、そうだね。アパートの上下の住人同士、というだけではあるけど」

「三好さん、すごいですよね。翻訳家さん」と言ったあとにこう続ける。「あ、ヤバい」

「ん？」

「これ、勝手に言っていいことじゃなかったですね。完全に個人情報でした」

「だいじょうぶ。僕も知ってるから」

「そうですか。よかった」

「翻訳。確かにすごいよね。外国語を日本語にするって、相当難しいよ。三好さんは英語らしいけど、比較的わかりやすそうなその英語だって、日本語に置き換えられない言葉はたくさんあるはずだから」

「僕なんかは日本語もあやういですよ」

「いや、それは」そして男性は言う。「あれ、もしかして、お父さんかお母さんが外国の人だとか？」

「いえ、そういうことでは。どっちも日本人です」

「そうか。でも奥さんが外国の人っていうのは、何か、ありそうだよね。留学に来てた奥さんがそばをつくる凜々《りり》しいダンナさんに一目惚《ぼ》れ、とか。あるいはその逆で、そばを食べに来てくれた留学生の奥さんにダンナさんが一目惚れ、とか。で、外国人の奥さんがいるおそば屋さんとして、店はめでたく繁盛する」

「ありそうですね。でも残念ながらウチはそうじゃないです。親父は江戸川《えどがわ》区で、母ちゃんは足立《あだち》区の出身。このみつばでなら家を持てそうだってことで移ってきて、店を始めたらしいです。どんなロマンスがあったのかまでは知りません。知ってるのは、母ちゃんの旧姓が深沢《ふかざわ》ってことぐらいで」

「子が親のロマンスを知らないか。知りたくも、ないか」

「ですね。もうどっちも亡くなってるから余計思うのかもしれませんけど。ほんと、考えたら、親父と母ちゃんのことって、知らないんですよね。ロマンスに限らず、ほぼ何も。知ってるのは、それこそどっちも日本人だってことくらいのような気もしますよ。だから、まあ、息子の僕も日本人です。で、日本語はあやういです」

「いや、ちゃんとしゃべれてるじゃない」

「でも蕎麦《そば》の漢字、高校生ぐらいまでは書けなかったですからね。そば屋の息子なのに」

「ほんとに？」

「はい。難しいのは、そ、のほうですけど、驚いたのは、ば、のほうです。え、よく見たらただの麦じゃん、て思いました」

「そう、だね」

「そで難しい印象を与えといて、ばは実は麦だったのか、と思いましたよ」

「でもそれって、ジュクジクンてやつなんじゃない？」

「ジュクジクン？」

「漢字一つ一つに分けては読めなくて、二つで一つの言葉になる、みたいなの。今日、とか、昨日、とか」

「あぁ。明日《あした》、とか、明後日《あさって》、とか」

「そうそう」

「それを、ジュクジクンて言うんですか」

「うん」

漢字にすると、熟字訓、だそうだ。

「すごい。よく知ってますね、そんなこと」

「いや、たまたま知ってただけだよ」

「じゃあ、蕎麦の蕎って、書けます？」

「うわ、ヤバい。そう言われると、僕も微妙かも。手書きだと、ちょっと迷うかな。麦はいけるけどね」

「やっぱそうですよね。国語の先生でもないと、書けないですよね」

「うん。僕も、書けなきゃまずいんだけどね」

「あ、もしかして、お仕事は、何かそっち関係ですか？」

「そっち関係、だね」

「えーと、どういう」

「作家」

「え？」

「小説を書いてるよ」

「ほんとですか？」

「ほんと」

「それは、あの、何というか、作家志望、みたいなことですか？」

「志望ではないのかな、もう」

「作家さん、なんですか」

「一応」

「プロの」

「プロ、だね」

「本を出されてるんですか」

「何冊かは」

「小説を」

「小説を」

「あぁ、すいません。気づきませんで。小説とか、正直、あんまり読まないんで」

「いや、普通、作家の顔なんて誰も知らないから。って、そんなこともないか。まあ、有名作家さんは知られてるだろうけど、僕如きでは誰も知らないから」

「お名前をお訊きしてもいいですか？」

「それも知らないと思うよ」

「もしかしたら知ってるかもしれませんので」

「ヨコオセイゴ」

「うわぁ、すいません。知りません」

「いいよいいよ。それが普通だから」

と、そこへ、小枝が丼を運んでくる。

「お待たせしました。山菜そばです」

「お、ありがとう」とヨコオセイゴさん。

丼をテーブルに置き、小枝がさらに言う。

「キノカのヨコオさん、ですよね？」

「そう」とヨコオさん。

「キノカ？」とおれ。

「ほら、結構前に映画になった」と小枝。「天使が空から落ちてくるっていう。鷲見翔平《わしみしょうへい》が主演の」

「あぁ。あったあった。それは観たわ」

「わたしも。その原作を書かれたのがヨコオさん」

「そうなんですか。すごい」

「いや、すごくないよ」とヨコオさんが言う。「映画にしてくれたからその本がちょっと売れただけ。まさに鷲見翔平さんのおかげ。それ以外の本は全然売れてないよ」

「いや、映画になってるならすごいですよ。って、そんなふうに作家さんをほめちゃいけないのかもしれませんけど。でもやっぱりすごいですよ」

そこで小枝がちゃんと説明してくれた。

横尾《よこお》成吾《せいご》さん。本は二十冊近く出してる。知ってる人は知ってる、という感じの作家さんらしい。

「わたし、一冊だけ読んだことありますよ。『降らない雨もない』。おもしろかったです」

「僕の小説を読んだことがあるなんて、そっちのほうがすごいよ」

「すいません。一冊だけで」

「いや、うれしいよ。ありがとう」

「あと、そうだ、短編も読んだことがあります。何だったかな。えーと、『血迷いパン』」

「おぉ。それはほんとにすごい。だって、本になってないよ」

「まだ最近ですよね？　女性誌に載ったんですよね？」

「そう。何故かこんな坊主に依頼が来て」

「たまたま気づいて読みました。これ、『降らない雨もない』のあの人だ、と思って。それもおもしろかったです。血迷って自宅でパン屋を始めちゃうお母さんの話」

「うん。ほかの僕のやつ同様、バカっぽい話ね。いつにも増してバカっぽいかも」

「それを高校生の息子が語るっていうのがすごくよかったです。全力で空まわりするお母さんもかわいかった。今考えたら、舞台になってたあの住宅地って、みつばっぽくないですか？　埋立地でしたよね？」

「そう。イメージはここ。みつば。モデルではなくてね。あくまでも、土地のイメージ。造成されてから何十年も経った住宅地」

「ありそうですよね、一戸建ての一角をちょっと改装して趣味のパン屋さんを始めちゃうとか。まあ、あのお母さんは、趣味よりはもうちょっと必死だったわけですけど。お金を稼がなきゃいけないから」

「確かにありそうだね。僕もそう思って、書いた」

「『血迷いパン』て、タイトルも最高。またほかのも読みますよ。読ませてもらいます」

「無理をしない範囲で、お願いします」

「って、いきなり話しちゃってすいません。おそば、どうぞ」

「いただきます」

そう言って、横尾さんが食べはじめる。例のいい音、ズズススッ、が響く。

りどうぞ」

「あの」とおれも言う。「二時ぴったりに閉めなきゃいけないわけじゃないので、ごゆっくりどうぞ」

「ありがとう。いや、ほんと、山菜なんて滅多《めった》に食べられないからさ、来てよかったよ」

「正直、迷ったんですよ。山菜そばは、置いてもそんなには出ないかなぁって」

「実際、どうなの？」

「思ったよりは出ます」

「みんな、僕みたいな感じなのかもね。あ、山菜あるのか、じゃあ、食べようって」

「あぁ。そうかもしれないです」

「山菜おこわとか釜《かま》めしとか、そんなのでしか食べられないもんね。だから、わざわざ食べに行く感じになっちゃう。こうやってそばで手軽に食べられるとたすかるよ」

「それはうれしいです。これからも置きつづけますよ」

「お願いします。と言っといて、次は別のを頼んじゃうかもしれないけど」

「それもうれしいです」

「ん？」

「次」

「あぁ。うん。次も来るよ。こんな近くにおそば屋さんがあると便利だし。三好さんもそう言ってた。いや、僕もみつばはもう長くて、前からお店があることは知ってたんだけど、外食をしなかったんだよね。って、それは今もしないんだけど。でも一旦《いったん》閉まってまた開いたと三好さんに聞いたら、行ってみようかなって気になった」

「翻訳家さんと作家さんが同じアパートに住んでるんですね。それは、あれですか、そっち方面のつながりで、とかですか？」

「いや、たまたま」

「出版社さんの紹介とかでもなく」

「なく。出版社さんはそんなことしないよ。って、わかんないけど。もしかしたら、今は不動産業もやる出版社さんもあるのかもしれないけど。ただ、僕らはまったくの偶然。初めの何年かはお互い顔も知らなかったし。三好さんが、あいさつに来てくれたんだよね。足音うるさくないですか？　って訊きに来てくれたの。いつも部屋で仕事をしてて、考えるときは歩きまわったりもするから、気になってたんだって。全然うるさくなかったんで、僕はそう言ったんだけど。そんなふうにして知り合ったわけ」

「それは、何というか、いい知り合い方ですね」

「そうだね。丁寧な人だと思ったよ。まあ、三好さんも、下にどんなやつが住んでるのか知っておきたかったんだろうな。あのアパートは、僕も長いけど、三好さんも長いよ」

「三好さんは、ご結婚なさってからも、ですもんね」

「あ、知ってる？」

「はい。ご本人に聞きました。仕事場としてつかってると」

「そうなんだよね。僕は独りだから住居兼仕事場だけど、三好さんは仕事場」

「毎日帰られるんですかね」

「泊まることもあるみたいだけど、基本、帰るみたいね。ダンナさんのとこへ。そのダンナさんのことは、知ってる?」

「郵便屋さん、ですよね?」

「そう。配達をしてた人。ここもしてたんじゃないかな。ウチにもしてくれてたから。僕は三好さんとそこまで親しいわけではないんだけど、そのダンナさんのことも知ってるんだよね」

平本秋宏《ひらもとあきひろ》さん、だそうだ。だからたまきさんも今は平本さんだが、仕事は旧姓の三好でしてるという。

「僕は平本さんと直接会ってもいるよ。配達の途中に郵便の話を聞いたこともある。ちょっと取材を、という感じで」

「あぁ」

「あとでわかったんだけど、三好さんが僕の小説をよく読んでくれてたらしくてね。それはもうほんとに奇跡的な偶然。ただでさえ少ない僕の読者がアパートの上の階にいたという。さすがに、結婚相手が平本さんだと聞いたときは驚いたけどね。うわ、そこつながるのか、と思って」

「あるんですね、そんなこと」と小枝。

「あるんだね、ある人には。僕なんかは、ないまま五十を過ぎちゃったけど。でもそうやって三好さんと知り合えたおかげで、おそば屋さん情報ももらえたよ」

「それは、ウチとしてもありがたいです」とおれ。「三好さんに感謝です」

「僕も感謝。こうして僕を山菜へと導いてくれた三好さんに。で、そう、これをさ、家でも食べられるんだよね？　出前もしてくれるんだよね？」

「はい」

「二品からだっけ」

「そうですね」

「例えば玉子丼ともりそばでもだいじょうぶということ？　どっちも安めだけど」

「だいじょうぶです。その二品でも充分ありがたいです」

「出前をしてくれるならこっちもありがたいよ。じゃあ、今度、いい？」

「ぜひ」

「午後は一度閉めるんだっけ」

「はい。二時から五時までは、閉めさせてもらってます」

「営業してる時間に電話をかければいいんだよね？」

「そうですね。お願いします」

「いやぁ。この山菜を自宅で食べられるのはいいよ。時代は変わったね」

「変わってないんじゃないですかね、この場合。出前は昔からありましたし」

「そうか。山菜そばを扱うおそば屋さんがそんなになかっただけで、別に変わってはいないのか。でも今はさ、食べたいものがだいたい何でも宅配してもらえるじゃない。僕は利用したことないけど」

「あ、ないですか」

「うん。見事なＩＴ弱者だから、利用の仕方自体よくわからないし」

「じゃあ、もしかして、原稿は手書きとかですか？」

「いや、それはパソコン。仕上がった原稿もメールで編集者さんに送るよ。そのくらいはできるの。というか、そのくらいしかできない。と、まあ、それはいいんだけど。問題は、器だよね」

「はい？」

「宅配してもらうときの器。容器。それがちょっとなぁ、と僕は思っちゃうんだよね。だから宅配を利用する気にならないというのもあるかな。せっかくお店からとるのにそれではなぁ、だったらコンビニの弁当でいいかなぁ、となっちゃう。器ってさ、バカにできないんだよね。お店のちゃんとした器で食べると、やっぱりうまいから。人間の味覚は、そういうのに大いに左右されちゃうし」

「あぁ。それ」

「ん？」

「まさに僕も思ったことです。それでこの店を始めたんですよ。出前もすればいけるんじゃないかと思って。ちゃんと店の丼で届けるそば屋の出前なら、今、逆に需要はあるんじゃないかと思って」

「あ、そうなんだ」

「はい。だから、作家さんにそう言ってもらえて、ムチャクチャうれしいです。まちがってなかったんだと思えました」

「いや、それはわからないよ」

「え？」

「作家って、ただ好き勝手なことを言ってるだけで、別に正しいことを言ってるわけではないから。たまに先生と呼ばれたりもするけど、人にものを教えられるような人ではまったくないし。いや、ほかの作家さんのなかにはそういう人もたくさんいると思うよ。でも僕はそうじゃない。オンラインでホテルの予約もできないし、スマホの機種変更もできない。ほんと、何もできないし、何も知らない。そんな僕が言うことだから、むしろまちがってるかもしれない。ムチャクチャうれしいは、ぬか喜びかもしれない」

「いや、まあ」とおれは言う。「それでもいいですよ。って言っちゃうと何か失礼ですけど。もう始めちゃいましたし。まちがいだとしても、作家さんと同じように考えられたのならうれしいですよ」

「っていうそれはほんとに失礼」と小枝が言う。

「いや、失礼じゃないよ。そう言ってもらえるなら僕もうれしい」と横尾さんが笑う。そしてこんなことを言ってくれる。「でね、そば、うまいよ。お店のちゃんとした丼で食べるからってことじゃなく、うまい」


出前は二品から。

たまきさんも横尾さんも、そこに少し引っかかる感じがあった。

さらに言えば、四葉の益子さんにも、引っかかる感じがあった。

単純に、出前代をとればいいのかもしれない。宅配業者はそれでやってるのだから、もはや頼む側にもそこへの抵抗はないのかもしれない。

が、そうはしたくない。それをすると出前の意味がなくなってしまうような気がする。いや、意味はなくならないが、価値は下がってしまう。無料であるからこその価値、だ。

近場だから、そば屋は出前をする。店の丼で届け、回収にも行く。それらをすべて無料でやる。そのくらいならできるから、やる。そもそも住宅地にある店。来てくれる人も出前を取ってくれる人も、その町の人。それでいい。

でも。それだけではいけない。ほかに何かがあれば、もっといい。

そのままでは、昔からあるそば屋と同じだ。それが悪いということでは決してないが、じき行き詰まる可能性はある。競合相手は増える一方なのだ。もはや、宅配できるのは寿司やそばやラーメンやピザだけ、という時代ではない。今はコンビニだってスーパーだって宅配をする。

だから、先を見て、あれこれ考える。そばをつくるときも考え、出前をしてるときも考え、回収した丼を洗ってるときも考える。仕事から離れてもそう。フロに入ってるときも考え、駅前の大型スーパーで買物をしてるときも考え、不二家のペコちゃんの前を通るときも考える。

で、別に誰の誕生日でもないけど久しぶりにケーキを買うかなぁ、と思う。

七月七日、自分の誕生日にケーキを買ったあとに思った。自分のときに買うなら、小枝のときも和太のときも買ってやるべきか、と。

誕生日。訊けば、小枝は四月で、和太は五月。もう過ぎてた。だから来年は買うつもりだ。今年は気まぐれで買ってしまったが、自分のときはもういい。小枝と和太のときに買えば、ケーキは食える。

と、まあ、そんなことを考えてて、ふと思いついた。

ケーキ。それを店のメニューに加えるのはどうだろう。

ケーキというか、スイーツ。そばとうどんと丼ものだけでなく、スイーツも扱うのだ。

今年の初めに久しぶりに食った不二家のケーキはうまかった。ペコちゃんに後押しされてマスクを外したあとに買ったあのケーキだ。おれの誕生日にも買った、苺のショートケーキとマロンモンブランとチョコ生ケーキ。

おれは頻繁にケーキを食うわけではないが、それでもうまかった。いや、だからこそうまかったのかもしれない。

出前も同じ。頻繁にはとらない。なかにはそうしてくれる人もいるが、そんな人は、ウチから見ればそれでもう充分。たまにとってくれる人が、出前のおしながきを見て、そこに別枠でスイーツがあったら、おっと思ってくれる可能性はある。デザートとしてそれを頼んでくれる人は、案外いるかもしれない。

出前は二品から。それがそこで活きてくる。

一人暮らしで二品は、確かに頼みづらい。丼ものとそば。おれなら食えるが、人によっては多いと感じるだろう。でも、そばとケーキ、ならいいのではないか。女性の目も積極的に引けるのではないか。例えば、実は平本たまきさんであった三好たまきさんの目も。

たまきさんが前に店で言ってたあれ。このあとはコンビニに寄ってスイーツを買って帰るつもり。そのスイーツを、コンビニで買わせるのではなく、ウチで出してしまえばいいのだ。そば屋のカレーは人気がある。なかには、そばよりカレーのほうが出る店もあるらしい。ウチでさえ、カレー丼はそこそこ出る。市役所の宮島くんのような若い男性が頼んでくれることが多い。

そば屋でカレー。本来はミスマッチ。でもそれがまたそそるのだ。ならばそば屋のケーキだって人気は出るかもしれない。ただし、そのケーキがちゃんとうまければだが。

おれはケーキをつくれない。うまくないケーキすらつくれないだろう。でも幸い、うまいケーキをつくれるはずの人もいる。親父の代のそば『笹原』にはいなかったが、二代目そば『ささはら』にはいるのだ。

そう。小枝。

つくるのは、小枝。やめてしまったとはいえ二年制の製菓学校に一年半通ってたのだから、つくれはするはず。おれがガキのころに母ちゃんがつくってくれたケーキよりはずっと上等なものがつくれるはず。

別に、高級洋菓子店と張り合おうというわけではないのだ。よくわからない横文字名前のケーキでなくていい。まずはシンプルな苺のショートケーキとかチョコレートケーキとか、そういうのでいい。

もちろん、まずはいいというだけ。もしうまくいくようなら、店オリジナルのものを小枝に考えてほしい。例えば、何だろう、そば粉のモンブランとか。とかも何も、それしか出てこないが、経験者小枝ならもっといろいろ思いつくだろう。

おれは店から逃げ、戻ってきた。いや。店を継ぐという話になってたわけじゃないから、逃げてはいない。理屈としてはそう。でも何故か逃げたような気がしてた。だから、戻った。

小枝はどうか。別にスイーツから逃げたわけではないだろう。でも学校はやめてしまった。進むつもりでいた道からは逸れてしまった。逸れに逸れて、今はこんなそば屋にいる。もうすでにそばをつくる力があるのだ。スイーツをつくる力は、もっとあるだろう。ならつくればいい。

おれのそばだけではない。小枝のスイーツもそう。ともに敗者復活戦だ。

と、まあ、一人で勝手に盛り上がり。

翌日、小枝に話してみた。開店後、和太を前日の出前先への丼の回収に出してからだ。

「いや、無理でしょ」と小枝はあっさり言った。「おそばをとろうっていう人が、一緒にケーキを頼まないよ」

「いや、そんなこともないと思うんだよ。あれば頼んでくれる人もいるような気がする。おれなら頼むし。だから試験的にやってみたい」

「そんなのうまくいかないよ」

「うまくいかなかったらいかなかったでいい。どうやっても無理となったら、そのときはやめればいい。それだけのことだよ」

「でも、損は出ちゃうでしょ」

「出ちゃうけど。そこが個人店のいいところ。大手みたいに大損害が出るわけじゃない。ただおれらがスイーツをやめるだけだよ。や〜めた、と言って、実際にやめるだけ。残ってた生クリームとかを自分たちでたらふく食って、おしまい」

「おそば屋さんがスイーツなんか始めちゃったら、逆に印象はよくないんじゃない？　横尾さんの小説じゃないけど、『血迷いそば』と思われるよ。いや、『血迷いスイーツ』か」

そこでおれは訊いてみる。

「小説ではさ、その血迷った母ちゃんのパン屋は、最後、どうなんの？」

「つぶれる」

「うわ、マジか」

「でもお母さん、製パン学校に行くの。行こうと決意したところで終わる」

「製パン学校なんてあるんだ？」

「うん。製菓学校のパン科を指して言うことが多いかな。わたしが行ってた学校にもあったよ。パン屋志望の人は多いから、社会人向けに短めのコースを用意してる学校もあるし」

「そこに行くんだ？　母ちゃん」

「そう。急ぎすぎたことを反省して、ちゃんと学ぼうと思ったの。だから、いずれまたパン屋さんをやりはするのかもしれない」

「だったら悪くないだろ。血迷いはしたのかもしんないけど、マイナスにはなってないじゃん。マイナスをプラスに変えようとは、してんじゃん」

「まあね」

「ウチもその感じでいきたいよ」

「その感じっていうのはさ、この場合、鳴樹くんが一度お店を閉めておそば学校に行く、みたいなことでしょ。でもひととおりのことはお父さんに習ってるんだからいいじゃない。『ささはら』のそばはまずいとか言われてるわけでもないし」

「でも売上が伸びてるわけでもないからな。低いとこで落ちつきかけてる感じもあるし」

「それでスイーツをやりだしたら、おそばは適当にやってると思われない？」

「思われるかもな。でもそれはしかたない。そこは賭《か》けだ。もちろん、適当にやりはしないよ。おれはそばで、小枝はスイーツ。はっきりとそう分ける。あ、まちがえた、天ぷらそばに生クリーム載っけちった、みたいなことはないようにする」

「何それ」

「いや、マジでさ、悪くないと思うんだよ。スイーツも一緒に出前できるのがデカい。それはおれらにとっても、お客さんにとっても。二つを一緒に持ってきてもらえるなら頼んでみようかってことには、なるんじゃないか？　子どもがいるお宅も、一人住まいの女の人も」

「うーん。でも」

「でも？」

「おそば屋さんのケーキを頼みたいと思うかなぁ」

「まあ、そこだよな。普通は思わない。そば屋がケーキってマジかよ、と思っておしまい。ただ、一度は頼んでみようかと思ってくれる人も、いるかもしれない。例えばおれみたいな男な。普通はケーキなんて買わないよ。おれもこないだは誕生日だから買っただけで、普段は買わない。少なくとも、わざわざ洋菓子屋に行ったりはしない。でもそば屋から出前をとるときにおしながきにそれが載ってたら、ん？　と思うやつも、たぶん何人かはいるんだよ。あぁ、一緒に持ってきてくれるなら食おうかな、と思ってくれるやつが。いつもは食わないってだけで、ケーキが嫌いなわけではないんだから。で、これは男女問わず、一度頼んでくれた人は、もしそれがうまければ、また頼んでくれるかもしれない。そこは小枝がうまくやってくれよ。うまいケーキをつくってくれよ」

「わたし、素人だよ」

「いや、素人ではないだろ」

「学校を卒業してもいないし」

「それだけのことだよ。習ってはいたんだから基礎はある。だろ？」

「基礎も基礎。本当の基礎ね」

「ならどうにかなるよ。そっからはもう、小枝のやりようだよ」

「何かさ」

「ん？」

「適当に言ってない？」

「言ってる」

「言ってんのかよ」

「でもほんとに無理だと思ったら言ってない。失敗する可能性が五十パーセント以上あると思ってたら、こんなことは言ってないよ。ただでさえ、この店はまだ成功してないんだから」

「じゃあ、スイーツ導入が失敗する可能性は何パーセントあると思ってるわけ？」

「四十九パーセントかな」

「ギリじゃない」

「でもこのまま何もしないで店がつぶれる可能性はもっと高いと思ってるよ。そっちは五十を超えてると思ってる。で、動いてみること自体はマイナスでも何でもないとも思ってる」

そう言って、おれは小枝を見る。お前、カレシかよ、と自分で思うくらい、ちゃんと見る。見つめる。

　小枝がぽつりと言う。

「わたし、自信ないよ」

「なくてもいいよ」

「なきゃダメでしょ」

「おれだって、自分のそばに自信なんかない」

「それも、なきゃダメでしょ。おれのそばは日本一、とか思いなよ」

「思わなくていいよ」

「何でよ」

「日本一のそばなんて、ねえよ。あるのは、うまいそばと、そうでもないそばくらいだよ。おれ、まずいそばなんて食ったことない。だからこそ、おれでもやれるかも、と思ったんだし。だってさ、立ち食いそばだって、うまいだろ？　おれ、ウチのそばのほうが立ち食いそばよりうまいと思ったことなんて一度もないよ。立ちじゃなくて座らせるから、その分、値段はちょっと高くさせてよ。と、思ってんのはそのくらい。あとは、まあ、おれのそばもギリ店で出していいレベルだとは思ってるけど、ほかの店に勝ってるとか、そんなことはまったく思えない。昔親父に教わったことがどうにか残ってくれてるから、まさにどうにかやれてるだけ。あ、ただ、これは、はっきり頭に残ってるか」

「何？」

「すごく大事な教えとかじゃないんだけど、何か、覚えてる」おれはそのときの親父の口調をまねて言う。「町のそば屋に来る人は、普通のそばを食べに来るんだよ。そこでカッコをつけた特別なそばを出されたら、それはもう特別なそばじゃなくて、期待外れなそばだろ」

「お父さんが、そう言ったの？」

「うん。言われたときは、親父自身がカッコつけてんなぁ、と思ったけど、そうだよな、とも思った。今はさ、その言葉が結構利いてるよ。おれみたいなやつが店をやってもいいんだと思ってられる。だからさ、これからだよ。小枝だってこれからだろ。小枝のスイーツは、今の時点でもうおれのそばより上のはず」

「何でよ」

「おれは親父にしか教わってないけど、小枝はちゃんと学校の先生に教わってるわけだから」

「教わりきってはいないよ」

「それはおれも同じ。でもさ、こんなふうにきっかけを与えられただけで充分だろ。いや、与えられたって言っちゃうと、おれが与えたみたいで偉そうだな。おれは何も与えてない。お願いする側だ。従業員に商品開発を強要するあこぎな雇用主」

「これ、強要なの？」

「いや、お願いはお願いだけど。可能なら、ちょっと強要したいな」

「ちょっとの強要はもう強要じゃないでしょ」

「じゃあ、何だろう。弱要《じゃくよう》、か」

「意味わかんない」

「わかんなくていいからさ、とにかくやってみようぜ。何か、おれ、もうやる気になっちゃってる。考えるだけで楽しくなっちゃってる。昨日これを思いついてからはさ、早く小枝に言いてえなって、ずっと思ってたんだよ。それで夜も寝られないくらい」

「寝てないの？」

「いや、寝たけど。七時間」

「ぐっすりだ」

笑わずにそう言って、小枝は黙る。

おれはなおもそんな小枝を見る。一人で勝手に盛り上がったことへの後悔が生まれつつある。おれ、もしかしたら、小枝の傷口のかさぶたをはがそうとしちゃってんのかも。そこに塩を擦りこもうとしちゃってんのかも。

「そば屋でケーキをつくらされるなんて、いやか？」

「そんなことはないよ」

「いい意味で気軽に、やってみてくれよ」

「いい意味でって？」

「そば屋のケーキは添えものだから手を抜いていいって意味ではなくて。まずそばがドーンとあるんだからスイーツのほうは自由でいいって意味で。そういう、いい意味で」

「そばがドーン」とくり返し、小枝は言う。「何かさ」

「何?」

「口、うまくない?」

「お、マジで?」

「うん。詐欺師みたい。わたし、鳴樹くんの口車に乗って投資とかしちゃいそう。気がついたら太平洋《たいへいよう》かどこかの無人島とか買わされてそう。そこのオーナーとかになってそう。行ったことも見たこともない島のオーナー」

「小枝島、とか?」

「そう」

「そう、じゃねえだろ」

「これさ、百万円払ってくれるならウチでケーキを出させてあげますよ、パティシエになる夢を叶《かな》えてあげますよ、みたいな話じゃないよね?　出す直前に、はい百万円ちょうだい、とか言ってこないよね?」

「あぁ。そういうやり方もあったか。払いたければ百万円払ってくれてもいいけど。まあ、今回はいいよ。百万円オフでケーキを出せる。そう思ってくれていい。だったらさ、ムチャクチャ得じゃね?　投資とか小枝島とか以上にいい話じゃね?　だって、考えてみろよ。小枝、もう百万円もらったようなもんじゃん。オフなんだから」

「ねぇ」

「ん?」

「今さらだけど。本気で言ってんの?」

「そう聞こえないか?」

「無人島とか百万円オフとか以外のところは本気に聞こえる。だから訊いてんの。わかってる? わたし、前に話した芽梨沙じゃないよ。うまくやれなかった側の人だよ。パン屋のお母さんみたいにいい血迷い方ができた人じゃなくて、ただ迷ってササッと引いちゃっただけの人だよ」

と、そこで店の引戸が開き、この日最初のお客さんが入ってくる。三十代ぐらいの男性だ。

「いらっしゃいませ」と声をかけ、お冷やを出して、厨房に戻る。

そこでまた小枝と向き合い、言う。

「自分がいやなやつだから、つくったケーキをうまくないと思われることもある」

「何?」

「それにちゃんと気づいたというか、それをちゃんと知ってる小枝がつくるケーキなら、おれは食いたいよ。そのケーキを、店で出したいよ」

「すいませ~ん。天丼」とテーブル席から男性が言う。

「は~い。天丼。ありがとうございます。お待ちください」と返す。で、小枝に言う。「はい、天丼一つ」

それからはお客さんが立てつづけに来てくれたので、もうその話はしなかった。

が、動きながら頭で考えはした。一人で勝手に盛り上がらないよう注意はしつつ、より現実的に考えてみた。

いきなり店で出すのは危険。初めは出前だけでいい。うまくいったら、店でも出す。その際は、店内の片隅にスイーツコーナーを設けるのもいい。厨房機器会社時代の同期、富塚令《とみづかれい》馬《ま》に頼んで、冷蔵ディスプレイケースを置く。スイーツはスイーツでお客さんに選んでもらうのだ。

令馬でなければ、石橋梓子《いしばしあずこ》に頼んでもいい。どちらでも同じことだから。令馬と梓子は、おれのかつての同期にして現カレシカノジョなのだ。たぶん、今も付き合ってる。もうどっちも三十だしなぁ、と二人がともに思い、結婚までいってもおかしくない。

店でスイーツを売ってれば、それ目当てで、『ささはら』に食べに行きたい、と言ってくれる子どもたちも増えるかもしれない。ファミレスでだってそばもスイーツも食べられるわけだが、そば屋でのスイーツはまた新鮮だろう。それで売上も増えたら、そば『ささはら』をただの『ささはら』に変えてもいい。

いや。それはダメ。ウチはそば屋だ。そばを外すのはなし。たとえうまくいったとしても、スイーツに頼ってはいけない。まずはそば。それがあってこそのスイーツだ。おれ自身が小枝に言ったこれ。そばがドーン。そこがベース。昔のおれではいけない。攻撃力はあるが肝心の守備力がない、そんな本末転倒サイドバックではいけない。

スイーツも出すそば『ささはら』。それで充分。あそこはスイーツも出すそば屋なのだという認識が、蜜葉市みつばで広まってくれるだけでいい。ウチは住宅地のそば屋。その町の範囲だけでいい。

と、まあ、結局はまたも一人で勝手に盛り上がってのお昼すぎ。

店にいるお客さんはあと二人、となったとこで。テーブル席から空いた丼を下げてきたおれに小枝がいきなり言う。

「やっていいの？」

「ん？」

「スイーツ。わたしがやってもいいの？」

「あぁ。もちろん。いいも何もない。こっちがお願いしてんだよ。やって、くれんのか？」

「やる。やりたい」

「おぉ。そっか。じゃあ、頼むわ。一度、閉店後にでも、ちゃんと打ち合わせしよう。午後休憩のときでもいいけど、落ちつかないから、まあ、閉店後だな」

「わかった」

そして昼営業は終了。小枝はいつものように自宅へ戻っていった。和太が自宅まで徒歩四分であるのに対し、小枝は徒歩三十秒だ。

で、おれは、薬味のねぎを切っておく前に、と店を出る。バイクに乗って、一丁目の荒瀬さん宅へ向かう。

午前中に行った和太が丼を回収できなかったのだ。いつも出されてる門扉の奥に、今日は出されてなかったという。別の丼が出されてたのではない。何も出されてなかった。

康恵さんは、あれからも普通に出前をとってくれてる。和太がきつねそばを届けたが康恵さんは頼んでないと言った、あれからだ。

幸い、同じようなことはもうなかった。荒瀬さん宅でもなかったし、よそのお宅で、出前なんて頼んでませんよ、と言われることもなかった。だから、やはりいたずらではなかったのだろうとおれは結論した。

それはそれでほっとした。あのとき、いたずらなら自分が原因かもというようなことを和太が言った。そんなことはないだろうと思ったが、気になってはいたのだ。もし本当にそうならちょっといやだなと。そうでなくてよかった。このみつばが、そんなことが起きてしまう町でなくてよかった。

ということで、荒瀬さん宅に到着。バイクから降りて、門扉を開ける。これは回収のためだから、インタホンのチャイムは鳴らさない。まずは確認だ。

丼は、出されてない。

一度外に出て、ヘルメットをとる。そしてインタホンのボタンを押す。ウィンウォーン。

和太も午前中にこうしたらしいが、反応はなかったという。康恵さんはいれば必ず出てくれるから、いなかったのだと思う。駅前の大型スーパーに行ってたのかもしれない。

もっと遠くに行ったのならまだ帰ってきてない可能性もあるよなぁ、と思いながら、待つ。

すぐに二度めを押したりはしない。康恵さんは高齢者。急《せ》かさない。長めに待つ。

十秒ほどしてプツッと音が鳴り、声が続く。

「はい。どちらさま?」

「お世話になっております。『ささはら』です。そば『ささはら』です」

「あ、はい。おそば屋さん」

「こんにちは。いきなりお訪ねしちゃってすいません」

「いえ。どうしたの?」

「あの、昨日とっていただいた出前の丼が、まだ出されてないようなんですが」

「え?」

「出前の丼ですね。きつねそばを食べていただいて、空いた丼。今引きとりに来たんですけど、外に出されてないようなので」

「出前、今日はとってないわよ」

「あ、えーと、昨日ですね。とっていただいたのは昨日です」

「昨日」

「はい。いつものようにきつねそばをとってくださいましたよね?」

「とった? わたしが?」

「はい」

「そうだった?」

「そう、ですね。出前をさせていただきました。お金も頂いてます」

「とったかしら」

「丼が、ないですかね。そちらに」

「ないけど」

「荒瀬さんのものでない丼が、一つ、ありませんか？」

「ないと、思うけど」

これはちょっと予想外。こうなったらもう、どうしようもない。いや、絶対あるはずです、と乗りこんでいくわけにもいかない。

「じゃあ、ちょっと見てくれる？」

「はい？」

「そう言われたら、自信がなくなってきたわ。わたし、わからない。もしあったら悪いから、おそば屋さん、自分で見て」

「いや、でも」

「上がって」

「いいんですか？」

「ええ。散らかってるけど」

「じゃあ、すいません。そちらへ行きますね」

「はい」

プツッと音がして、通話が切れる。

おれは閉めたばかりの門扉を開け、また敷地に入っていく。そして玄関の前で待つ。

数秒後、康恵さんがドアを開けてくれる。

先に言う。

「こんにちは。すいません。ほんとにいいですか？」

「どうぞどうぞ」

「では失礼します」

康恵さんに続き、靴を脱いでなかに上がる。

店を始めて十ヵ月。このパターンは初めてだ。普通、そば屋は出前先のお宅に入らない。入るとしても、こないだのように三和土まで。そこで靴は脱がない。

廊下の奥にある居間に入る。

で、驚く。何にって、そこの散らかり具合に。

散らかってると康恵さん自身が言ってたが、単なる常套句《じょうとうく》だと思ってた。でもちがう。ちゃんと散らかってる。新聞だの服だの何だのが、部屋の隅に寄せられてる。ところにより、積み重なってる。空いてるのは、ローテーブルとソファが置かれた中央部だけ。居間と続く台所には、ごみが入ったごみ袋もいくつかある。空のペットボトルも並べられてる。

ごみ屋敷とまではいかない。そこまで大げさではない。でも、何というか、いずれそこへとつながってしまいそうなこわさ、あやうさがある。そのいずれは案外早く来てしまいそうな気もする。

「ほんとに散らかってるでしょ？」

「あ、いえ」

それで精一杯。おきれいじゃないですか、とはとても言えない。言ったらうそつきになってしまう。

「最近ごみの日をね、忘れちゃうのよ。ごみを出し忘れちゃうの」

「あぁ」

もう料理はそんなにしないから生ごみはあまり出ないということなのか、臭ったりはしない。臭えば逆に出し忘れないのかもしれないが。

袋に入れてはいるのだから、実際、ごみを出す気はあるのだろう。そこは康恵さん、出しに行ってほかのごみがないと気づけば、つまり今日がごみの日でないと気づけば、ちゃんと持ち戻るのだと思う。そのまま出してしまうようなことはないのだ。だからこうもなってしまう。たまってしまう。

「じゃあ、見て」

「はい」

おれは流しのあたりを見る。

二秒。速攻で見つける。

ウチの丼。洗われてる。ほかの丼と重なってる。でも簡単に見つけられる重なり方だ。あるのはその二つだけだし。

ごみ同様、丼も出し忘れは出し忘れだが、それ以前の問題。出前をとったこと自体を忘れてしまってるのだから、出すわけがない。出せるわけがない。

そしてこの居間と台所。

廊下は片づけられてるので、前に来たときも気づかなかった。そば屋以外にも誰かが訪ねてくることはあるだろうから、康恵さんもそこは意識してるのかもしれない。といっても、無意識に近い感じで。

「ありました。これですね」と言い、おれはその丼を手にとる。黒っぽいそれだ。

「あら、そう。ならよかった」

「はい。よかったです」

「忘れちゃってたのね。ごめんなさい」

「いえ」

「お金は、払ったのよね？」

「はい。頂いてます。昨日」

「もし払い忘れてたら、そのときは言ってね」

「それはだいじょうぶだと思います。お代は、出前をしたときに頂きますので」

「そうか。そうね」

そこで思う。おれがもらってないと言ったら、康恵さんはまた払ってくれちゃうのだろうなど。それはヤバい。

「では、これは引きとらせていただきますね」

「はい。お願いします。お手間をかけちゃって、ごめんなさいね」

「いえ。じゃあ、失礼します」

今度はおれが先に玄関に行き、靴を履く。

康恵さんは見送りに来てくれる。

おれは振り返り、顔を上げて言う。

「あの、荒瀬さん」

「ん？」

「えーと、何というか、だいじょうぶですよね？」

康恵さんは笑顔で言う。

「何が？」


で、その翌日。

ちょっと気になることが起きた。起きたというか、あった。

小枝が、まさに気になるＳＮＳの書きこみを見つけたというのだ。

それはこんなもの。

みつばをうっせえバイクで走りまわってたガキがそば屋で出前のバイトを始めたらしい。

雇うほうも雇うほうだけど。

頼んでないと康恵さんが言って、和太がきつねそばを持ち戻ってきたあのとき。自分のせいでいたずらをされたと思った和太は言った。前にうるさくしてたあいつだって気づいた誰かが、いやがらせでやったのかも。対して、おれは言った。

考えすぎだよ。みんなそこまで暇じゃねえって。

でも、こうなった。和太の予想は、大当たりではなかったが、大外れでもなかった。暇なやつもいたのだ。

和太があぁ言ったので、小枝が気になって調べた。それで見つけたという。

そのそば屋が『ささはら』だと書かれてたわけではない。が、みつばに出前をするそば屋は『ささはら』しかないから、住んでる人ならわかる。

「どうする？」と小枝はおれに言った。

「どうするって。どうもしないよ。何もしようがない」

「変に乗っかってくる人がいたりしないかな」

「いたらいたでいいよ。和太が何をしたわけでもないんだし。そこはシカトでいい。反応しなきゃいい。といっても。和太自身が反応しちゃう可能性はあるか」

「わたしもそれが心配。和くんがこの書きこみを自分で見つけないとも限らない」

そんならということで、おれは和太を呼んだ。で、その書きこみを見せた。

「うわっ」と和太は言った。「やっぱクソみてえなやつもいるんだな。出前のバイトを始めたから何なんだよ。こいつ、何？　おれのストーカー？」

「おれと小枝にそう言う分にはいいけど。お前、反応すんなよ」

「反応って？」

「変に言い返したりすんなよ。書きこんだりすんなよ」

「あぁ。しないよ。おれ、こういうやつとは関わりたくない。マジで絡みたくない」

というそれが和太の反応だった。

ちょっと安心した。

おれはあとで小枝に言った。

「万が一、話がデカくなったりしてもさ、これで和太を切ったりはしないよ。絶対しない。それは一応、言っとく。おれがそばをつくって、小枝がスイーツをつくって、和太が出前をする。高認に受かったあとも大学に受かったあとも、和太にはバイトをさせる。ウチはそれでやってくから。おれはそのつもりだから」


小枝のケーキは想像以上だった。

試しにいくつかつくってもらった。苺ショート。チョコ。モンブラン。チーズケーキ。どれもきれいで、どれもうまかった。何だよ、お前、不二家と競るじゃん、と言ってしまった。

そこそこつくったので、和太にいくつか持たせた。店で食った時点で、激ウマ！　と和太は言ってたが、夜に家で食べた明日音さんもほめてくれたそうだ。おいしい、不二家のケーキみたい、と。

まずは定番ものでいく。それは小枝と話し合って決めてた。そば屋でスイーツを扱うこと自体が突飛なのだから、最初はそれでいい。そこは抑えめ。いきなり尖《とが》らなくていい。

小枝は、製菓学校時代の同期にあれこれ相談した。福家早織《ふくやさおり》さん。女王芽梨沙同様、都内の洋菓子店でパティシエとして働いてる人らしい。すでに尖ったものもつくってる。だからそれをやるときは早織にもアイデアをもらうよ、と小枝は言ってた。

出前用のおしながきをつくり直し、そこにしれっと載せた。苺のショートケーキとチョコレートケーキとモンブラン。それと、プリン。その四種。

プリンは、ケーキと組み合わせて頼んでもらえるかもしれないと思い、採用した。ケーキにくらべれば消費期限を長めに設定できる、という小枝のすすめもあって。

つくり直したおしながきは、別につくったお知らせチラシとともに、一丁目二丁目の各家々にポスティングした。それはおれと和太でやった。

おしながきは店に食べに来てくれた人にも渡した。ケーキ？　とほとんどの人が驚いた。でも否定的な感じはなかった。と、おれは思ってる。あくまでも希望的に。

で、暇を見ておしながきとチラシのポスティングをしてたとき。

荒瀬家の前に車が駐められてるのを見た。ちょうど一丁目の端をまわってたのだ。

いつも車はない。車庫はあるが、車自体はない。康恵さんのダンナさんが亡くなってからはもうないのだと思う。

　これは、とおれは考えた。機会かもしれない、と。

　そば屋が口を出すことではない。それはわかってる。でも、そば屋だからわかったことだとも言えるのだ。おせっかいととられる可能性もある。というか、とられるだろう。でも、いい。これは、してもいいおせっかいだ。むしろ急ぐべきだ。そんなふうにも思える。おしながきとチラシがあるのも心強い。それを渡すついでに、という形にできる。それがなくても、おれは訪ねてしまうはずだが。

　バイクから降りて、ヘルメットをとる。

　ふうっと息を吐き、インタホンのボタンを押す。ウィンウォーン。

　対応してくれるのは、康恵さん本人。

　プツッという音に続いて。

「はい。どちらさま？」

「いつもお世話になっております。『ささはら』です。そば屋です」

「どうも。こんにちは」

「こんにちは。荒瀬さん、すいません。今日はお伝えしたいことがありまして」

「ん？　何かしら」

「ちょっとだけ、お話をさせていただいてもいいですか？」

「はい。じゃあ、出るわね」

「お願いします」

プツッ。

前回同様、おれは門扉を開けて敷地に入り、玄関の前に立つ。

そしてドアが開く。顔を出すのも康恵さんだ。

ただ、廊下の奥に五十代後半ぐらいの男性がいる。いきなりのそば屋来訪。何ごとかと思ったのだろう。

これは望むところ。おれはまさにそう思ってほしかったのだ。高齢者を狙うあやしいやつでは？　と疑い、様子を見に来てほしかった。

奥にいるその男性にあいさつをする。

「こんにちは」

「どうも」

康恵さんがそちらを向き、男性に説明する。

「近所のおそば屋さんだよ」

「あぁ、そうですか」

「二代目のおそば屋さん。いつも出前をとってるの」

二代目。康恵さんがそこをちゃんと認識してくれてるのがうれしい。

「何か、ありましたか」と男性。

「ちょっとお知らせしたいことが」とおれ。「一緒に聞いていただけるとたすかります」

「じゃあ、はい」

男性が三和土のところまで来てくれる。

おれはおしながきとチラシを渡し、手短に説明する。

自分がそば『ささはら』の者であること。康恵さんがいつも出前をとってくれること。で、

そば屋なのにスイーツの出前も始めたこと。今はおしながきの配布も兼ねてお知らせにまわ

ってること。

「あら、ケーキ？」と康恵さんが言う。

「はい。そばだけじゃなく、そっちもやってみようかと。ウチに、つくれる従業員がいるの

で。きつねそばのあとのデザートに、ぜひ。プリンなら、冷蔵庫に入れておいて、次の日に

食べていただいてもだいじょうぶですし」

「プリンはいいわね。消化もよさそう」

「はい。もたれないと思います」

「一度とらせてもらうわよ。いつもきつねそばだけじゃ悪いから」

「ありがとうございます」

というわけで、お知らせは終了。

ここからだ。

「それで、えーと、荒瀬さんのご家族のかたでいらっしゃいますか？」

「そう」と康恵さんが答えてくれる。「タカミツくん。娘のダンナさん」

「あの」とそのタカミツさんに言う。「ちょっとよろしいですか?」

「ん?」とタカミツさん。

「えーと、外で」

「外で」

「はい。お車のことで、お訊きしたくて」

「何だろう。普通の車だけど」と言いながらも、タカミツさんはサンダルを履いてくれる。

「何かしら」と言うだけで、康恵さんは動かない。

「ではまたお願いします」とおれは言う。

「はい。こちらこそお願いね」

康恵さんは奥へ戻っていく。

おれはタカミツさんと外に出る。ドアの外というだけでなく、門扉の外にも出る。敷地外。路上、だ。

「すいません」とおれ。

「いえ」とタカミツさん。

「ケーキのお知らせもしたかったんですが、それだけではないんですよ。お車があったんで、ちょうどいいと思いまして」

「はぁ」

その車は、トヨタの何か。車種までは知らない。見てもわからない。ロゴでトヨタ車だとわかっただけ。

　おれ、車には詳しくないのだ。免許は持ってるが、車は持ってない。持ってたことは一度もない。

　ついでに言うと。親父は免許すら持ってなかった。だから出前をやれなかった、ということでもあるのだ。まあ、持っててもやらなかったかもしれないが。

　ただ、ウチにも車庫はある。いずれはおれが免許をとって車を持つだろうからと、初めからつくっておいてくれたのだ。

　これまでそこに車が駐められたことは一度もないが、今はバイクを駐めてる。車用の車庫にカブ一台。カブの気分はよさそうだ。ダブルベッドに一人で寝てるみたいで。

「で、車の話をしたかったわけでもありません。それもすいません。うそをついてしまいました」

　タカミツさんがおれを見る。驚いた感じはあまりない。何となく察してはいたのかもしれない。

「ちょっとデリケートなことなので、お話しする前に、念のため。荒瀬さんのご家族で、まちがいないですよね？」

「だいじょうぶ。名字はちがうけどね。ぼくは本当に義理の息子」

　タカミツさんはあらためて名前を教えてくれる。蜂須《はちす》賀《か》高光《たかみつ》さん、だそうだ。今買物に出てる奥さんの敏恵《としえ》さんが、康恵さんの実の娘。

「ありがとうございます。僕は、店の名前と同じ、笹原です。笹原鳴樹といいます。店はまだ始めたばかりなので、荒瀬さんにいつも出前をとっていただいて、とてもたすかってます」

「じゃあ、よかった」

おれは蜂須賀さんに、これまでのことを一気に説明した。どうせなら流れをすべて伝えたかったので、かなり遡《さかのぼ》った。

まずは、出前で届けたのとはちがう丼が出されてたこと。その時点で、あれっとちょっと思ったこと。次いで、出前を届けてみたら、頼んでないと言われたこと。でも電話機に残ってた番号は荒瀬さん宅のものであったこと。そして、こないだ丼の回収に行ったらそれが出されてなかったこと。自分で見てほしいと言われ、家に入れてもらったこと。

そこでもう、蜂須賀さんは言った。

「驚いたよね」

「えーと、はい」

「かなり散らかってたでしょ?」

「そう、ですね」

「ぼくも驚いたよ。今日の午前中に来てみて」

「あぁ。そうでしたか」

「いや、前からね、電話で同じことを何度も言うようになってきてるとは、妻が言ってたの。

でも、まあ、それは高齢者にはよくあることだし、しゃべり自体がおかしいわけではないんで、そこまで心配してはいなかったんだけど」

「確かに、しっかりなさってはいますもんね」

「迷惑をかけたね」

「いえ、それはまったく」

「出前のお金を払ってないなんてことは、ない?」

「ないです。それは全部頂いてます。ほんと、いつもたすかってます。ただ、家に上げていただいたそのときからは、僕も、どうしたらいいかとずっと思ってまして。で、ちょうどお車をお見かけしたんで、ご家族のかたが来ていらっしゃるのかと、そうも思っちゃいまして。だったら行っちゃえと。さっきお渡ししたおしながきとチラシを郵便受けにお入れするだけのつもりだったんですけど。いらっしゃるなら、お伝えしようと。すいません。何か、おせっかいなことを」

「いや、話してくれてよかった。ぼくも妻もここまでとは思ってなかったから。午前中に部屋を見て、あっとは思ったんだけど。これで決めたよ。周りの人にご迷惑をかけちゃってるなら、もうそのままにはしておけない」

「いえ、あの、迷惑なんてことは」

「言っちゃうとね、ぼくらも、いずれこの家に住むつもりではいたの」

「そうなんですか」

「うん。いずれというか、近いうちに」

蜂須賀さんは、そのあたりのこともおれに話してくれた。

まず、蜂須賀さん自身は工具の卸売会社に勤めてる。今は南行徳《みなみぎょうとく》にあるマンションに、敏恵さんと娘さんとの三人で住んでる。自身の定年まではあと一年強。退職後はみつばのこの家で康恵さんと同居するつもりでいたそうだ。

「その同居を、前倒しするよ。すぐにここに住む。それでも会社には通えるし。娘の大学もぼくと同程度には遠くなるけど、まあ、我慢してもらうしかないな。いや、でも聞いてよかった。どうもありがとう。やっぱり、近くにいなきゃわからないこともあるね」

「そう、なんですかね」

「おそばは、またとらせてもらうよ。ぼくも、母がいつも食べてるきつねそばを食べてみたい」

「普通～のきつねそばですけどね」

「普通～のきつねそば。いいじゃない。お店のそれを家で食べられるなんて最高だよ。今ウチは、出前とかとらないんだよね。近くに出前をしてくれるおそば屋さん、あるのかな。それも知らないよ」

「昔にくらべたら、減りはしてるでしょうからね」

「そうだよね。大変だもんな、自分のとこで出前をするのは」

「でも喜んで伺います。お話を聞いてくださって、ありがとうございました」

「いや、こちらこそ、ありがとう」

「荒瀬さんによろしくお伝えください。あと、奥さんにも」

「うん。みつばに親切なおそば屋さんがいてくれたと伝えるよ」

「あ、いえ、それは別に。では失礼します」

おれは頭を下げ、ヘルメットをかぶってバイクに乗る。

ひと仕事終えた気分になり、このまま店に戻ろうかと思うが、そこはもうひとがんばり。隣のお宅からポスティングを再開した。

そう。そこからのもうひとがんばり。それが成功を生むのだ。

と、県立みつば高校サッカー部顧問の五十嵐も言ってた。まちがってはいない。まあ、高校生のおれらは当時、うるせえなぁ、と思って聞いてたが。

でも五十嵐も、離婚して、そこからもうひとがんばりしたから、みどちゃんと再婚できたのだ。あの五十嵐に追いつけなくてどうする。追い越せなくてどうする。

そしてポスティングを終えての夜営業。

午後七時半。店に電話がかかってくる。

「和くん、出前」と小枝が言い、

「どこっすか?」と和太が言う。

「えーと、南団地のD棟五〇六号室。キバさん」

一度は聞き流したが。すぐにおれは言う。

「ん？　待て待て。何、キバさん？」

「そう」と小枝。

「下の名前は、聞いてないか」

「聞いてない」

「南団地だよな？」

「うん。Ｄの五〇六。ビーじゃなくてディーね。デー」

「そこは、初めて、だよな？」

「たぶん」

「注文は、いくつ？」

「三つ。カレー丼と、けんちんそばと」

「もう一つ。当てる」

「何？」

「鴨南蛮」

「すごい。当たり」

「で、キバさんなのな？　まちがいないな？」

「ない」

「チバさんとかじゃなくて、キバさんな？」

「キバさん」

「じゃ、そこはおれが行くわ。和太はもう上がっていいぞ」

「え？　まだ三十分あるけど」と和太。

「いいよ、今日は。心配すんな。ちゃんと八時までつけといてやるから」

「マジで？」

「ああ。ただし、その三十分はちゃんと家で勉強しろ」

「何だよ、それ」

「勉強が、バイトの代わり」

「うわ、うぜえ」

「うざくねえよ。そんないい話、ねえだろ。勉強して金もらえるんだから。わかったな？家に帰って三十分計れよ。計って勉強しろよ。それから晩メシな。ちゃんとそうしたか、あとでお母さんに訊くからな。その時間は勉強してませんでしたとお母さんが言ったら、三十分の時給はなしな」

「刑事かよ」

「犯人みたいにアリバイ工作すんなよ。お母さんに口裏合わせとか頼むなよ。実の親の証言は無効だからな」

「細けえよ。つーか、だったら、その時間は勉強してませんでしたって証言も無効だろ」

「不利な証言はいいんだよ。お前こそ細かいこと言うな」

「ほら、早くつくんなよ。笹原刑事」と小枝が言う。「それとも、わたしがつくる？」

「いや、ここはおれが」

そう言って、さっそく調理にかかる。

カレー丼とけんちんそばと鴨南蛮。

カレー丼が息子さんでけんちんそばが奥さん、だろう。で、木場さんがいつもの鴨南蛮。

けんちんそばは、もしかしたら、おれにすすめられた木場さんが奥さんにすすめてくれたのかもしれない。

いや、うれしい出前だ。

こんなにうれしい出前は初めて。

これなら、台風でも大雪でも行く。歩いてでも行く。

秋から冬

星川《ほしかわ》心《ここ》奈《な》 と 親子丼

中学生のときに一人で飲食店に入ったことがあるだろうか、と考えてみる。友だちとなら、ある。ラーメン屋とか牛丼屋とか。一番多かったのはハンバーガー屋だ。でも一人で入ったことはないような気がする。

ウチみたいなそば屋に一人で入ったことは絶対にない。おれがそば屋の息子だからよそのそば屋に行ったりはしない、ということではない。そば屋の息子でなくても一人でそば屋には入らない。

でもウチには一人で来てくれる中学生がいる。しかも女子。しかも夜。うれしいことはうれしいが、一方で、いいのか？　とも思ってしまう。

二週間に一度ぐらい来てくれる。結構な頻度だ。たいていは、というか、たぶんすべて平日。その午後七時すぎ。そして親子丼を頼む。初めは何らかのそばだったが、ここ二ヵ月ぐらいは親子丼で落ちついてる。

今日もそう。ちょうどおれが出前から戻ったときに来て、親子丼を頼んでくれた。

出前で訪ねてたのはアパート。カーサみつば。三好たまきさんではない。その下。横尾成吾さんだ。作家の。

本当に玉子丼ともりそばをとってくれた。そして、何と、おれに本をくれた。新刊だという単行本。『トーキン・ブルース』。それをタダでくれたのだ。見本を何冊かもらってるからと。

「いや、でもそれだと横尾さんが損しちゃいますよ。出前もとってくれてるのに」

おれがそう言うと、横尾さんはこう言った。

「いいのいいの。見本はいつもこうやって誰かしらにあげちゃうから」

「誰かしらが町のそば屋でも、いいんですか？」

「充分。もし君が読まないようなら、あの彼女にあげて」

あの彼女。小枝だ。

だから、店に戻ると、事情を話して小枝に渡した。もちろんおれも読むつもりだが、先に

読んで、と。

小枝はムチャクチャ喜んだ。

「何でサインをもらってこないのよ」とそんなことまで言った。

「いや、ペンがねえし。まさか横尾さんに自分のペンでサインさせるわけにいかないだろ」

と、まあ、それはいい。

今は、女子だ。

これもやはり、出前は二品から、のせいなのかな、と思う。さすがに中学生の女子一人で

二品は多すぎる。頼めない。だから食べに来てくれてる。そういうことかもしれない。だったら、荒瀬康恵さんのような特例にしてもいい。一品で出前をしてもいい。

うまいことに、お客さんは彼女一人。頃合を見計らって、声をかける。頃合。三分の二ぐらいは食べたかな、というあたりだ。

おれは厨房から出ていき、ある程度距離をとって、言う。隣のテーブル席に座ったりはせず、立ったままで。

「あの」

「はい」

女子は食べる手を止めて、おれを見る。

「いつも食べに来てくれて、ありがとうね」

「あ、はい」

「見てもらってわかるとおり、そんなに混む店ではないからさ、来てくれるのはほんとにうれしいよ。でさ、別に変な興味で知りたいわけじゃないんだけど。中学生？」

「はい」

「えーと、この辺の人？」

「ベイサイドコートに住んでます」

「あぁ。マンションだ。三丁目の」

「はい」

ベイサイドコート。みっ高サッカー部で一緒だった岩上航一郎が住んでたとこだ。双子の弟航志郎と駿一郎はどうか知らないが、今も両親は住んでるはず。

「あそこだと、そんなに近くはないよね」

「そうですね」

「歩いて十分ぐらい?」

「そこまではかからないです。七分ぐらい、とか」

「学校は南中ってことだよね」

「はい」

「市役所通りを渡るから、ここは学区外ってことだ」

「はい」

「だいじょうぶ?」

「何がですか?」

「いや、何ていうか、夜だし」

「あぁ。だいじょうぶです。この辺は暗い道とかないし」

「そうだけど」

「塾に行くときなんかは、もっと遅くなったりもするし」

「それも、そうだろうけど」

「来ちゃダメですか?」

「あ、ちがうちがう。ごめんごめん」と早口で言う。「学校的な立場というか先生的な立場というか、そういうあれで言ってるんじゃないよ」

「じゃあ、何ですか?」

「ウチさ」

「はい」

「出前もやってるよ」

「はい?」

「いや、ほら、そば屋なんで、出前もやってるの。で、夜出歩くのはあぶないからさ、その出前をとってもらったほうがいいんじゃないかと思って」

「あぁ」

「もしあれなら一品でも出前するし。二品からってことになってるんだけど、一品でもいいよ」

「出前は二品から、なんですか」

「そう。って、知らなかった?」

「はい」

立って話してるから、どうしてもおれが女子を見下ろす形になる。それは偉そうだよな、と思い、結局は隣のテーブル席のイスに座る。

「親子丼、おいしいです」と女子が言い、

「ありがとう」とおれが言う。

「好きなんですよ、親子丼。鶏肉と玉子。どっちも好き。その二つが一緒になっちゃうから、ほんと、好き」

「確かに、おいしいよね。ウチのがっていうより、親子丼そのものが」

「お母さんは東京の会社に勤めてるんですよ」といきなり話が飛ぶ。

「あぁ。そうなの」

「掃除用の洗剤とかをつくる会社」

「へぇ」

「そんなに早くは帰ってこられないから、平日の晩ご飯はいつも一人。でも好きなものを食べられるから、わたしはうれしい」

それはちょっとわかる。中学生のころはおれもそうだった。家のご飯が嫌いだったわけではないが、何か買って食べるほうがうれしかった。

「コンビニでお弁当とかパスタとかを買ったりもするんですけど、いつもそれだと飽きちゃうんで、たまにはおそば屋さん。どうせならつくりたてを食べたいから、来てます」

「そういうことか」

だったら、出前にしろとは言えない。そんな理由でわざわざ食べに来てくれてるなら、それはマジでうれしい。

「前は閉まってましたよね?」

「ん？」

「このお店」

「あぁ、そうだね。閉めてた」

「お店自体は、昔からあったんですよね？」

「うん」

「食べに来たことがあるって、お母さんが言ってました。でもわたしを連れていこうと思ってたら閉まっちゃったって」

「六年前、じゃなくて七年前に閉めたのか」

「じゃあ、わたし、七歳ぐらいです」

「そっか。ちょっと大きくなったから連れてこようとしてくれてたんだね、お母さんが」

「たぶん」

「そしたら閉まっちゃったのか」

「でもまた始めたみたいってお母さんが言うから、来てみました」

「そうなんだ。ありがとう」

「そのうちお母さんも来ると思います。ここのおそばは好きだと言ってたんで」

「それもありがとう。でもだいじょうぶかな。そのころは父親がつくってたんだけど、今は僕がつくるから。前ほどおいしくないと言われちゃうかも」

「親子丼はおいしいですよ」

「そばもおいしいといいけど」

「おいしかったですよ、前に食べたとき」

「じゃあ、よかった」

「おいしくなかったら、たぶんそんなに来ないし」そして女子は言う。「ささはらさん、なんですよね？」

「そう。漢字だと、笹の葉の笹に原ね。佐々木《ささき》とかの佐々じゃなくて。前は店の名前も漢字だったんだけど、笠原とまちがわれちゃうからひらがなにしたの」

「あぁ。確かに似てる。わたしは、ホシカワです。星座の星に川で、星川《ほしかわ》。フトンを干すの干じゃなくて。下は、ココナです。心に神奈川の奈で、心奈《ここな》。菜っ葉の菜じゃなくて」

「心奈さん。いい名前だね」

「ありがとうございます。心奈の奈を愛にすることも考えたけどそれだとココアと読まれる可能性もあるからそっちにしたんだと、お母さんが言ってました。わたしは、愛でココナでもよかったですけど」

「愛もいいけど、奈はもっといいんじゃないかな。それなら迷わずに一発で読めるし。いや、僕もさ、鳴樹なのね。下の名前。鳥が鳴くの鳴くに樹木の樹で、鳴樹。でもこれ、初めは成《なり》田《た》空港の成の予定だったんだって。父親はそれで出生届を出すつもりでいたの。でも母親が、それだとシゲキって読まれない？　と言ったのがずっと気になってもいたらしくて。役所に出す直前で鳴くのほうに変えたの。そっちならすんなりナルキと読まれるだろうってことで」

「へぇ。そうなんですか」

「うん。驚いたって、母親が言ってた。父親はさ、役所に行こうと玄関で靴を履いてたんだけど、そこから言いだしたみたい。やっぱり鳴くにするかって。それで靴を脱いで部屋に戻って、届を書き換えてやっと提出。だから僕の出生届って、たぶん、二重線で名前を訂正されてるんだよ。成田の成樹改め鳴くの鳴樹って」

「いいですね。鳴くほうの鳴樹さん。わたしもそっちのほうが好きかも」

「お、それもうれしい。って、ごめん。邪魔したね。親子丼が冷めちゃう。ゆっくり食べて」

「はい」

　おれはイスから立ち上がり、厨房へと戻る。

　そこでは小枝がケーキの試作をしてる。本当にそば粉入りのモンブランをつくろうとしてるのだ。このところ、おれが午後休憩や手すき時間にそば打ちの練習をするようになったから、小枝はそば粉をつかってそれに取り組むようになってる。

　そのせいで、ここ二週間の晩ご飯はずっとそばだ。店を閉めてから、小枝とその練習そばを食う。これだとまだボソボソだとか、これだとコシはあるけど太すぎるとか、そんなことを言い合う。それは和太にも食わせる。連日のそばでさすがに飽きたらしく、ここ何日かはバイトが終わると逃げるように帰るが。

小枝がこちらを見ずに、ふざけて言う。

「店でナンパですか？　店長」

「ナンパじゃねえよ」

「中学生はもうアウトですよ」

「聞いてたんならわかるだろ。ナンパじゃねえって。まず、ナンパとか、したことねえし」

「ないの？」

「ないよ」

「わたしは、ナンパされたことあるよ」

「マジか。というか、まあ、女子は、あるんだろうな」

「和くんの五倍ぐらいヤンキーっぽい人だったから、ついてはいかなかったけど」

「和太の五倍はヤバいな」

「和くんならついていったかも」

「それもマジか」

「虚勢を張ってる子は、かわいいじゃない」

「うーん」

「その虚勢を、剝《は》ぎたくなる」

「それも、うーん」

そしておれは業務用の冷蔵庫からプリンを一つ取りだす。透明な容器に入った出前用のプリンだ。

　小枝に言う。

「一個もらうわ」

「そばのあとにしたら？」

「おれが食うんじゃないよ。ナンパの続き」

　厨房から出る。また心奈さんのところへ行き、テーブルにプリンとスプーンを置いて、言う。

「これ、どうぞ」

「え？」

「食べて」

「いいんですか？」

「うん。よく来てくれるから、サービス」

「うれしい。プリンも好きなんで」

「よかった」

「まあ、プリンが嫌いな人なんていないけど」

　そうだよな、と思いつつ、調査のために訊いてみる。

「それはさ、ほんと？」

「はい？」

「周りにプリンが嫌いな子とか、いない？」

「わたしの周りにはいないです」

「男子でも？」

「男子でも、ですね。給食で出たときは争奪戦になるし。プリンの日に休んだ子がいると、もう朝から」

「あぁ。それはわかる。僕も、その争奪戦に加わってた」

「これって、もしかして」

「ん？」

「出前を始めたっていうプリンですか？」

「そう」

ほかのお客さん同様、心奈さんにもすでに伝えてはいたのだ。何せ、二週に一度は来てくれるわけだから。

「そうだそうだ。ケーキだけじゃなくて、プリンもあったんですね」

「うん」

「おそば屋さんなのに」

「ね。僕もそう思うよ。思うんだけど、やっちゃった。食後のデザートがあってもいいでしょってことで。もし評判がよかったら店に置くつもりでもいるの。味見してみて。もちろんタダだから」

「じゃあ、いただきます」

ちょうど親子丼を食べ終えてたので、心奈さんはすぐにプリンも食べてくれる。

まずは一口。味わって、飲みこむ。そして、もう一口。

「あ、おいしい」

「お、マジで？」

「はい。わたし、この感じ、好き。みっしりしてるっていうか、食べ応《ごた》えがあるっていうか」

「おぉ」

それはおれも思った。ニュルン、というよりは、ムニュン。確かにみっしりしてて、食べ応えがある。

「すごい。おそばだけじゃなくて、プリンもつくれるんですね」

「いや、それは僕がつくってるんじゃないの。僕じゃとても無理。といって、よそから仕入れてるわけでもなくて」

ん？　という顔でおれを見る心奈さんに、言う。

「ではウチの専属パティシエをご紹介します。杉戸小枝！」

そう言われたら、出ないわけにいかない。厨房で話を聞いてたはずの小枝が、恥ずかし気に登場する。

「こんばんは」と小枝が言い、

「こんばんは」と心奈さんも言う。

「ごめんね。無理に食べさせたみたいで」

「いえ。まさかここでプリンを食べられると思わなかった。すごくおいしいです」

「ありがとう。でもそれもごめんね。やっぱり無理に言わせたみたいで。こうなったら、そう言うしかないよね」

「無理はしてないですよ。ほんとにおいしいです」

「というそれも、言わせちゃってるね」

「いや、ありがたく受けとっとこうぜ」とおれが小枝に言う。「これ以上やると、無理してるしてないの無限ループになる」

「そうだね。素直に喜びます。ありがとう」

「二人でお店をやってるんですか？」と心奈さんに訊かれ、

「もう一人、出前の若いのがいるよ」とおれが答える。

「あぁ。たまにバイクで走ってるのを見かけるかも」

「たぶん、それ」

「ほんとに若くないですか？　その人」

「ほんとに若いね。まだガキだよ」

「わたしともそんなにちがわないですよね」

「うん。そういえば、星川さんはいくつなの？」

「十四です」

「中二？」

「はい」

「じゃあ、四つ上かな」ふと不安になり、おれは言う。「見かけたときさ、あいつ、変な乗り方とかしてなかった？」

「変な乗り方？」

「信号無視とかはしないだろうけど、何ていうか、荒っぽい運転とか」

「いえ。普通でしたけど」

「そうか。よかった。あいつも普通になれるんだな」

「その評価」と小枝が笑う。

「夫婦でお店をやるって、いいですね」

「ん？」とおれが言う。

「ちがうちがう」と小枝が続く。「そういうんじゃないの。わたしはただのアルバイト。近所に住んではいるけど、まさに近所の人っていうだけ」

「あぁ、そうなんですか」と心奈さん。「結婚して二人でやってるんだと思ってました」

なるほどな、と思う。

中学生になら、そう見えてしまうのかもしれない。いや、大人にでも、歳の近い男女が一緒にそば屋をやってたら、そう見えるのかもしれない。

みつば南団地はJRのみつば駅から少し離れてる。歩いたら二十分ぐらいかかるかもしれない。そば『ささはら』からも少し離れてる。とはいえ、同じみつば。出前の範囲でもある。バイクならひとっ走りだ。

D棟の五〇六号室には、最近よく行く。そう。木場忠道さん宅。

順番待ちをした結果、木場さんはみつば南団地に入居することができた。夏に初めて出前に行ったとき、久しぶりに顔を合わせ、そう聞いた。

押しつけがましいかと思ったが、おれも言ってしまった。南団地でキバさんだというので、僕が出前に来ました、と。注文に鴨南蛮があったから木場さんだと確信しましたよ、とも。

以後、木場さんは頻繁に出前をとってくれる。月二度はとってくれてるはずだ。土曜日の夜なんかが多い。おれ、今はもう奥さんと息子さんの名前まで知ってる。

奥さんは聖《ひじり》さん。四十代後半ぐらい。息子さんは英継《ひでつぐ》くん。十九歳。

この英継くんは地元の国立大に通ってる。市役所の宮島くんが出たところだ。宮島くんは文系だったが、英継くんは理系。理学部生。

英継くんの通学面でも、南団地は都合がいいそうだ。前に住んでたところより大学が近くなったという。その代わり、木場さんの会社は少し遠くなった。でも一時間はかからないから充分らしい。木場さん自身がそう言ってた。

家族三人で店に食べに来てくれたことはまだない。こないだ出前に行ったときにその理由がわかった。聖さん、足が悪いのだ。股関節《こかんせつ》の疾患。そこまでひどくはないが、長く歩くのはつらいらしい。

「だとすると、駅から遠いのはちょっと大変ですね」

おれがそう言うと、聖さんはこう言った。

「でもわたし、ウェブ制作の仕事をしてるから、出勤はしなくていいんですよ。駅前のスーパーでの買物は、仕事帰りにウチの人がしてくれるし。ただ、五階っていうのは大変」

「そう、ですよね」

「空いたのが五階の部屋だと聞いたとき、じゃあ、やめよう、とウチの人は言ったんですよ。でもわたしが、いや、入ろう、と言ったの。そこで辞退したら次はいつになるかわからないし。だから、その上り下りはいい運動だと思って、やってます」

木場さんはたまにケーキもとってくれる。この聖さんかと思いきや、英継くんが甘党なのだ。出前をしたとき、玄関に出てきてくれた本人がそう言ってた。

ということで、南団地にはよく行く。

その南団地から店に来てくれる人もいる。宮島くん以外にもだ。

木場さんともその宮島くんとも同じD棟。しかも木場さんの真下。四階下の一階。一〇六号室に住む森田《もりた》冬香《ふゆか》さん。

三十代半ばぐらいの女性だが、いつも一人で食べに来てくれる。くだけた人だ。初めて来たときにもうおれに話しかけてくれた。店長さんなの？　若くない？　と。

みつばにおそば屋さんができたと聞いたから来てみた、のだそうだ。駅前に居酒屋とファミレスがあるだけだからおそば屋さんはたすかる、と言ってくれた。

冬香さんはよくけんちんそばを頼んでくれる。これ、いい、と言ってくれてもいる。女だから天ぷらとかかき揚げとかはちょっとなぁ、と思っちゃうけど、だからってかけそばとかわかめそばとかっていうのもちょっとなぁ、とも思っちゃうのよね。そこで、ごぼうににんじんに大根、根菜たっぷりのけんちんそば。最高。

何度か来てくれたあとに、訊いてみた。

「お近くなんですか？」

「南団地」と冬香さんは言った。

「じゃあ、わざわざ来てくださってるんですね」

「わざわざでもないよ。休みの日に、ここでお昼食べて、そのあと駅前のスーパーで買物して、帰るの」

「それでも、まわり道はしてくださってるんですね」

「けんちんのために、ちょっとね」

「ありがとうございます」

そんなわけで、いつもは一人の冬香さんだが、今日は人を連れてる。

若い男性だ。おれより歳下。たぶん、二十代後半。なかなかのイケメン。カレシかもしれない。

　さすがにそうは訊けないな、と思いながら、お冷やを出す。

　冬香さんが自ら言う。

「これ、息子」

「え？」

「え？　じゃないよ。息子」

「冬香さんの、ですか？」

「そりゃそうでしょ。人の息子を、息子、なんて人に紹介しないわよ」

「そう、ですよね。じゃあ、あれですか」

「何？」

「えーと、連れ子さん、とかですか？」

「何でよ。連れてない息子よ。実の息子」

「えぇっ？」

「だから、えぇっ？　じゃないでしょ」

「だって、大きいじゃないですか」

「大きいです。二十八ですよ」とその息子さん自身が言う。

「で、実の息子さんなんですか？」

「そう」と冬香さん。「ミキヤ。木の幹の幹に弓矢の矢で、幹矢《みきや》」

「初めまして」とその幹矢くん。

「どうも。初めまして」とおれ。「笹原です」

「鳴樹くん」とこれも冬香さん。「ここの若店長」

「いや、もう三十ですよ」

「三十なら若いよ。おそば屋さんの店長としても若いでしょ」

「それにしても、驚きました。というか、まだ驚いてます。森田さんはいくつなんですか?」

「うわっ。女に歳訊いた」

「あぁ、すいません」

でも冬香さんはあっさり答えてくれる。

「四十六」

「えっ?」

「四十六。二度言わせないでよ」

「マジですか?」

「マジよ。でなきゃおかしいじゃない。三十六とかだったら、幹矢はわたしが八歳のときの子になっちゃうよ。わたし、ちゃんと十八で産んでます」

「ちゃんとって」と幹矢くん。

「四十六、ですか」

「そう。四十六。って、ほら、三度め」

「見えないですよ」

「あ、うれしい」

「四十六かぁ」

「うれしいけど、くり返さないでくれる？」

「いやぁ、マジで驚きました。ずっと三十代だと思ってました」

「三十いくつ？」

「半ばかと。それこそ三十六とか」

「何だ。そのくらいか」

「喜びなよ。十歳はデカいでしょ」と幹矢くん。

「どうせなら二十代後半ぐらいまでいきたかったわ」

「もし二十代後半て言われてたら、信じてましたよ」とおれ。

「お、何、ほめ上手」

「いや、ほんとに。だって、息子さんだとは、思われないですよね？　二人でいたら」

「きついですけどね、それ」とこれも幹矢くん。

「何がきついのよ。きつくないでしょ」と冬香さん。

「母親のカレシと思われるのはきついでしょ」

まあ、それはきつい。母親はうれしいかもしれないが。

冬香さんが説明してくれる。

「十八で産んで、二十七で離婚して、それからはずっとミキと二人。わたし、シングル」

「あぁ」

「ダンナがいると思ってた?」

「いえ、そこまでは」

「興味ないでしょ、別に」と幹矢くん。

「興味ないって、失礼な」と冬香さん。

「いつもお一人なので、ご結婚をなさってないのかなとは、正直、思ってました」とおれ。

「ほら、ちゃんと興味を持ってくれてんじゃない」

「それは興味とはちがうよ」

「何か、話しちゃってすいません。えーとご注文は」

「わたしはけんちんそば。と思ったけど、今日は山菜そばにしようかな」

「はい。山菜そば」

「ぼくはそのけんちんそばにします。おいしいと聞いてるので」

「けんちんそば。ありがとうございます」

「ねぇ、鳴樹くん」と冬香さんが言う。

「はい?」

「スイーツも始めたのよね?」

「はい。ケーキとプリンを。出前で」

「それ、ここでも食べられる?」

「あ、えーと、いいですよ」

「じゃあ、あとで頼むわ。おそばのあとでまだ食べられそうなら。って、まちがいなく食べられるけど」

「わかりました」

「ケーキは何があるの?」

「苺のショートケーキとチョコレートケーキとモンブランです」

「了解。おそばを食べながら、何にするか考える」

「お願いします」

「いや、どうせチョコでしょ」と幹矢くん。

「どうせって何よ」と冬香さん。

「フユはチョコが好きなんですよ」と幹矢くんがおれに言う。「何かっていうとチョコを食べてますからね。クッキーはチョコチップが入ったやつだし、菓子パンも何かしらチョコ絡んだやつだし。あと、そう、ソフトクリームもチョコですよ。あれって、どこも最低限、バニラとチョコとミックスはあるじゃないですか。フユはそのチョコを頼むんですよ。チョコだけのやつを」

「いいじゃない」

「チョコが好きな人でも、普通はミックスにしませんか? チョコだけのを頼む人って、フユのほかに見たことないですよ」

「そんなことないでしょ。チョコ好きな人はいっぱいいるって」

「いるけど。そのチョコ好きな人がミックスを頼むんだよ」

「鳴樹くんは?」と冬香さんに訊かれる。

「僕も、ミックス、ですかね。特にチョコが好きなわけではないですけど、どうせならってことで、ミックス」

「ほら」と冬香さん。

「ほらって?」と幹矢くん。

「特にチョコが好きなわけではない人でもミックスを頼むんだから、特にチョコが好きな人はチョコを頼むでしょうよ」

「いや、まあ、頼んだっていいんだけど」

「母親の好みにケチつけやがって」

という冬香さんのその言葉にちょっと笑う。

笑いつつ、思う。幹矢くんは冬香さんをフユと呼ぶ。それはすごい。おれが母ちゃんをキヌと呼べたか。無理。絹代さんと呼ぶのも無理だっただろう。母ちゃんを名前では呼べない。母ちゃんは母ちゃんだ。

小学生、いや、中学生のころまではおれも普通にお母さんと呼んでた。でも高校生ぐらいからは何かそれも恥ずかしくなり、母ちゃんになった。大人になったらなったで母ちゃんも恥ずかしくなったのだが、戻すのはもっと恥ずかしいので、そのままきた。

「ではしばしお待ちを」と親子に言い、厨房に戻る。

そして山菜そばとけんちんそばをつくる。つくりながら、考える。血のつながりはない木場忠道さん親子に、母子二人だけの森田冬香さん親子。いろいろな親子がいるもんだなぁ。木

と。

小枝は今もケーキの試作中。ということで、おれが冬香さんと幹矢くんに自ら山菜そばと

けんちんそばを出す。

せっかくなので、訊いてみる。

「幹矢くんも南団地に住んでるんですか？」

「もう住んでない」と冬香さんが答える。

「今は門前仲町《もんぜんなかちょう》に住んでます」と幹矢くんが足す。

「あ、門仲。僕は南砂町に六年住んでましたよ。えーと、駅三つ手前」

「へぇ。いつまでですか？」

「去年の三月まで」

「じゃあ、わりと近くに、長いこといたんですね。ぼくも次の三月で丸五年なので」

「職場がその辺なんですか？」

「日本橋《にほんばし》です。そこのバー」

「バー。で働いてるんですか」

「はい。バーテンダーです。まだ一人前ではないですけど」

「もう五年なんだから、そろそろ一人前になんなさいよ」と冬香さん。

「五年では無理だよ。そんなに簡単じゃない」

そうなのだろうな、と思う。ウイスキーの銘柄やカクテルのつくり方を覚えたりするだけではない。バーテンダーとしての所作を身につけるのに時間がかかるだろう。

「じゃ、いただきま〜す」と冬香さんが言い、

「いただきます」と幹矢くんも続く。

「ごゆっくり」

おれは去ろうとするが。

すぐに冬香さんが言う。

「ミキね、わたしのとこで働いてたの」

「わたしのとこ、というのは」と訊いてみる。

「わたしのとこじゃなくて、わたしが働いてるとこ、だ。そうか。鳴樹くんには言ってなかったか。四葉のバー『ソーアン』」

「駅前、ですよね?」

「そう。閉まっちゃったおそば屋さんの隣」

「今も、ですか?」

「うん。わたしは今も。ミキはね、大学生のときにそこでアルバイトをさせてもらってたの。

あれ、何年やった?」

「二年かな」と、そばをすする合間に幹矢くんが言う。

「それがきっかけで、ほんとにバーテンダーになっちゃった。大学を出て就職したんだけど、やめちゃって」

「僕と同じですね」

「でもミキはすぐやめてるから。一年だった?」

「そう」とこれも幹矢くん。「会社は、合わないと思って」

「こんな母親の息子だけど合ってくれるかなぁ、と期待したのに」

「したんだ?」

「したわよ」

「何の会社ですか?」とおれ。

「何の会社だった?」と冬香さん。

「システム開発、なんですかね」と幹矢くん。「大まかに言うと」

「あんた、システムを開発してたのね」

「一年しかいないから、ほぼしてないけどね」

「合わなかった、んですか」

「合わなかったですね。こんな母親の息子だから」

「で、そのあと東京のバーでまたアルバイトをして、そのままバーテンダーになっちゃったのよね」

「会社が京橋《きょうばし》にあって。あの辺は好きだったんですよ。何ていうか、街の雰囲気が。それで、日本橋のバーに。そこだと、門仲まで、がんばれば歩いて帰れますし」

「今日は、こっちに帰ってきたんですか？」

「はい。久しぶりに。そしたら、フユがここでそばを食べようと」

「そうでしたか。ありがとうございます」

「店長さんも、もし日本橋に来ることがあったら、ウチのバーに寄ってください。『タクミ』という店です」

「タクミ」

「はい。匠の技、の匠。漢字一文字。バーテンダーとして匠の技を持つマスターがやってるとかそういうことではなくて。マスターの名字が匠なんですよ」

匠定直《たくみさだなお》さん、だという。カッコいい。その名字ならおれもまちがいなく、そば『匠』にしただろう。笹原でもそれを店名にしたぐらいだから。

幹矢くんが続ける。

「でも、まあ、持ってますけどね。匠の技。やっぱりマスターがつくったカクテルはちがいますし」

「というその前にさ」と冬香さん。「鳴樹くん、今度『ソーアン』に来てよ。日本橋よりずっと近いんだから」

「あぁ。そうですね」

「来たこと、ないでしょ？」

「ないです。バーがあることは知ってましたけど。えーと、ロックを流してるんでしたっけ」

「そう。でも大音量でとかじゃないの。音は小さめ。会話をしてても全然気にならないぐらい。マスターがね、もう六十代だから。五時間も六時間も大音量にするのはいやなの。っていうそれを五十代のころから言ってるけど」

「いい店ですよ」と幹矢くんも言う。「東京にある変にカッコをつけたバーよりはずっといいと思います」


というこの幹矢くんのその言葉が利いた。

変にカッコをつけたバーでないなら本当に行ってみようか、と思った。変にカッコをつけたバーは苦手なのだ。こっちも変にカッコをつけなきゃいけなくなるから。

森田さんが働いてるんだって、と事情を説明し、行ってみようぜ、と小枝を誘った。いいね、と小枝もすんなり乗り、行くことになった。

今日行きます、と冬香さんに伝えたりはしなかった。したくても、しようがなかったのだ。冬香さんの連絡先を知らないから。

そう。店に来てもらったことは何度もあるが、出前をとってもらったことはないので、電話番号は知らない。仮に知ってたとしても、そんな理由で電話をかけることはできない。それをやったら、個人情報の目的外利用、になってしまう。

定休日は日曜。それだけはちゃんと調べた。バーなので遅くまでやってくれてることもわかった。ではいつ行こう、となり、月曜にした。そば『ささはら』の定休日が火曜だからだ。

その日の営業を終えて店を出たのが午後八時半。バー『ソーアン』があるのは、私鉄の四葉駅前。歩けば三十分近くかかる。帰りは歩きになるとわかってたので、みつば駅前からバスに乗った。四葉からみつばへのバスは、確か、午後十時台までしかないのだ。歩きで往復はきつい。だから行きはバス。

そして四葉駅前でバスを降りてみると。

バー『ソーアン』の隣にあった『後楽庵』がチェーン店のラーメン屋になってた。まあ、妥当なとこだろう。牛丼屋は前からあったが、ラーメン屋もできれば一段落。

バー『ソーアン』のドアは木製。窓はないからなかは見えない。わきに黒い立て看板があり、白字で『so and』と書かれてる。一見客はなかなか入りづらい感じだ。

でもおれらには伝手《つて》があるから、そのドアをすんなり開けて、入る。

カウンターの内側にいた冬香さんがすぐに気づき、言ってくれる。

「いらっしゃい。ほんとに来てくれたの？」

「あ、ほんとに来てほしいわけではなかったですか？」

おれがそうかますと、冬香さんは笑って言う。

「ここ、どうぞ」

示されたそこ、冬香さんのすぐ前のカウンター席に座る。おれが左で、小枝が右。

店は広くない。カウンター席は十ぐらいで、壁沿いに二人掛けのテーブル席が二つある。

お客さんは、そのテーブル席の一つに男女のカップルがいるだけだ。

「言い訳するとね」と冬香さん。「今ちょうど二組が帰ったとこなの。お客さんが入れ替わる時間なのよ」

「何で言い訳するんですか」とおれ。「お客さんがいないことには自分の店で慣れてるからだいじょうぶですよ」

「そうか。こないだ行ったときも、わたしとミキの二人だけだったもんね。お店を出たあと、ほかにお客さんは来なかったけどだいじょうぶなのかなってミキが言うんで、出前があるからだいじょうぶ、と言っといたわよ」

「あの日は出前もなかったですけどね」

「そうなの?」

「はい。だって、僕はそばをつくってなかったじゃないですか」

「あぁ。わたしたちと話してたもんね」

「でも、まあ、そばのあとに食べてもらったケーキの出前がそこそこ好調なんで、どうにかやってますよ」

「とにかく、来てくれてうれしい。ありがとう」

「いえ。持ちつ持たれつですから。ウチもまたお願いします」

「了解」そして冬香さんは言う。「で、あれだ、やっぱりそうなんだ」

「はい？」

「お二人は、そういうあれだ」

「あ、いや、ちがいますよ。一人で来るのも何なんで僕が誘いました。小枝が付き合ってくれただけですよ」

「でも何もなかったら誘わないでしょ。小枝ちゃんも、何もなかったら、誘われても断るでしょ」

「仕事のあとに同僚と飲みに行くぐらいはするじゃないですか。それですよ。な？」

「それです」と小枝。

「それなのかよ」とおれ。

「自分で言ったんじゃない」と冬香さん。

そこで、やはりカウンターの内側にいるマスターらしき人が言う。

「お知り合い？」

「はい。みつばのおそば屋さん」とこれも冬香さん。

「おぉ。みつばの郵便屋さんみたいに言うね」

「前に話しましたよね。できたんですよ、みつばにおそば屋さんが。よく食べに行ってます。

けんちんそばがおいしいですよ」

「けんちんそばか。それはいいな。ない店のほうが多いもんね。あれば、ぼくもよく頼むよ。じゃあさ、にしんそばなんかもあるの？」

「あぁ、すいません」とおれが応える。「にしんそばはないです」

「あれは、北海道か」

「京都も多いらしいですね」

「うん。西のほうにもあるって聞くね。北海道と京都。不思議だよね」

「もともと北海道から運ばれたにしんをつかってたらしいですよ」

「へぇ。そうなんだ」

「と、昔親父が言ってました」

「お父さんもおそば屋さんなの？」

「はい」

「じゃあ、二代目だ。冬香ちゃんは初代も知ってる？」

「いえ。そのころは食べに行ってなかったので。再オープンしたと聞いて、行くようになったんですよ」

「そうか。今度行かせてもらうよ。ぼくもそばは好きだから。お隣はなくなっちゃったし」

「ありがとうございます。お待ちしてます。にしんそばも、ちょっと検討しますよ」

こんな話になるぐらいだから、検討はしてみてもいい。

あれはにしんの甘露煮。自分でつくる必要はない。そもそもが保存食用に加工された身欠きにしん。持ちはいいはずだ。仕入れの数をまちがえなければ、そんなに負担はない。

「お二人、何飲む?」と冬香さん。

「ビールでもいいですか?」とおれ。

「もちろん。地元の蜜葉ビールさんがつくってる蜜葉エールに四葉スタウトっていうのがあるよ」

「じゃあ、それにします。スタウトが、黒いやつでしたっけ」

「そう。ギネスみたいなの」

「僕はそれを」

「わたしはエールのほうを」と小枝。

「はい。スタウトとエールね。お腹はどう?」

「空いてます」とおれ。「今日はそばを食べてこなかったんで」

「何、いつもおそばを食べてるの?」

「ここ最近は。手打ちの練習をしてるんで、そのそばを食べてます。小枝にも食べてもらってます」

「ほら、仲いいじゃない」

「それも仕事の一環ですよ」

「でも閉店後でしょ?」

「そうですけど」

「だったら、ただ一緒に晩ご飯を食べてるだけじゃない」

まあ、そんな見方も、できなくはない。

「お腹空いてるなら、早めに入れちゃう？」

「そうですね。そうしたいです」

「アボカドバーガーなんてどう？」

「お、いいですね」

「アボカド、好き」と小枝。

「じゃあ、それを」とおれ。

「ウチのはわりとがっつりだから、一つをシェアする感じでいい？」

「はい」

「チーズの盛り合わせなんかも出す？」

「わたしチーズも好き」

「じゃあ、それも」

「あとは、野菜スティックとか」

「おぉ。それもいきます」

「鳴樹くん、わたしの言いなりになっちゃってるけど、だいじょうぶ？」と冬香さんが笑う。

「何か、悪いことをしてる気分になるわよ」

「初めての店では言いなりになるのが一番ですよ」

「そういえば、わたしも最初、鳴樹くんにけんちんそばをすすめられたのよね。それからはほぼ毎回けんちんそば。ほんとに言いなりじゃない」

「こないだは山菜そばでしたよ」

「でもミキがけんちんにいざなわれたしね」

「いざなったのは森田さんですよ」

「そうか」

蜜葉エールと四葉スタウト。そのボトルとグラスを、冬香さんがそれぞれ小枝とおれに出してくれる。そして初めの一杯は、注いでくれる。エールはやや赤みがかってて、スタウトはほぼ黒。スタウトのほうが泡がクリーミィだ。

「ではごゆっくり」と冬香さんが言ってくれる。

小枝と二人、グラスをカチンと当てて、乾杯する。

飲む。ビールだから、一口と言わず、二口、三口。

グラスをコースターに置いて、おれは言う。

「うまい。これは、うまい」

「こっちもおいしい」と小枝も続く。「ビールをこんなふうにおいしいと思ったの、初めてかも」

「何だよ。そうなの？」

「そう」

「だったら、カクテルか何か頼みゃよかったのに」

「いや、言いなりになってよかった。ほんとにおいしい。エールって、こんななんだね。フルーティ、なのかな」

冬香さんがすぐに野菜スティックとチーズの盛り合わせを出してくれる。

それを食べながら、ビールを飲む。

小枝と酒を飲むのは初めてだな、と思う。そばや丼ものなら何度も一緒に食ってるが、酒を飲むのは初めてだ。そば『ささはら』以外の場所で飲み食いするのも初めて。

とりあえず落ちついたということなのか、そこでやっと音楽が流れてることに気づく。

確かに、音は小さめだ。ずっと聞こえてはいる。曲が替わればそれもわかる。でも会話の邪魔にはならない。

冬香さんに訊いてみる。

「これ、流す曲はどうやって決めてるんですか？」

「マスターが、その日聞きたいものを適当にプログラムしてる」

「全部洋ものですか？」

「全部とは言わないけど、まあ、ほぼ。六〇年代と七〇年代のが多いのかな。五〇年代のオールディーズまではいかない感じ」

「オールディーズ」

「プレスリーとか、チャック・ベリーとか」

「プレスリーは知ってます。もみあげの人」

「もみあげの人！　って、まあ、そうなるか。わたしも初めはそのイメージだったし。ただね、若いころのプレスリーは、ムチャクチャカッコいいよ。二十代のころ。太る前。カッコいい人はやっぱりカッコいいんだなって、今見ても思うもん。そういえば、鳴樹くん、プレスリーに、顔ちょっと似てない？」

「言われたことないですよ」

「世代的に、言う人が周りにはいないだろうけど。何だろう。何か、つくりが似てるよ。プレスリーからカッコよさをとった感じ」

「じゃ、ダメじゃないですか」

それを聞いたマスターが、バーガー用のパテを焼いてる鉄板の前、やや離れたところでウケる。

プレスリー、若いころ、でスマホで検索した小枝もやはりウケる。

「あ、ほんとだ。カッコよさをとると、鳴樹くんだ」

「カッコよさをとるなよ。とっちゃうなよ」

「森田さん、絶妙ですよ。プレスリーマイナスカッコよさイコール鳴樹」

「でしょ？　プレスリー臭さだけが残ってる感じよね」

「プレスリー臭さって」とおれ。「怒られますよ、プレスリーに」

「いや、そこは鳴樹くんが怒っていいとこだけどね」と冬香さんが笑う。

そして数分後。いよいよアボカドバーガーが到着。

冬香さんが言ってたとおりのがっつりバーガーだ。ちゃんとしたレストランで出される類《たぐい》。分厚いパテのほかにチーズとレタスが挟まってる。もちろん、アボカドも。バンズ自体が厚め。串《くし》が刺さってないとバーガーが自立できない感じがある。

冬香さんが小枝とおれそれぞれに取り皿とナイフとフォークを出してくれる。

おれが串を持ってバーガーを押さえ、小枝がナイフで切る。

「お二人の初めての共同作業です」と冬香さんがふざける。

切られてしまったバーガーは、もはや片手で気軽に食べられるというバーガーそもそもの長所を失ってるが、うまそうはうまそうだ。

で、食べてみると。

「あ、これもうまいわ」

「ほんと、おいしい」

「そうか。アボカドって、こういうことなんですね。こんなふうにするとうまいのか。主役ではないけど脇役でもなくて、ツートップの一角なんだな。四‐四‐二のフォワードなんだ」

「わかりづらい」と小枝。

「それは初めて聞く感想」と冬香さん。「マスター。たぶん、ほめられましたよ」

「たぶんじゃなくてほめてますよ」とおれ。

「おぉ」とマスター。「料理人さんにほめられるのはうれしいよ」

「いや、僕は料理人ではないですよ」

「おそば屋さんは料理人でしょ」と冬香さん。「どう？　何かの参考になりそう？　アボカドそばとか、いけそう？」

「アボカドそばは、どうでしょう」

「でもパスタとかはあるよね。あと、冷たいうどんとか」

「あぁ。冷たいそばならいけるかもしれないですね。あったかいのでも、やりようによってはどうにかなる、のか？　どう？」と小枝に訊く。

「うん。やりようで女性の目を引けるかも。冷たいおそばで、上にアボカドとトマトを載せるとか。パプリカなんかも散らせば色目もいいし。そばサラダではなくて、あくまでもメインはそば」

「そんなのが出前で来たら、すごくいいよな。スイーツとの相性もさらによくなりそうだし」

「そうだね」

「で、これ、バーガー」とおれはマスターに言う。「ソースとかはほとんどつかってないんですね」

「うん。パテを焼くときに塩とこしょうをつかってるだけ。あとは素材の味。だからぼくは実質何もしてないの。マヨネーズだのオーロラソースだのをつかってたこともあるんだけど、結局それが一番のような気がして。つかうと、やっぱりその味になっちゃうからね。まあ、そこはまさにやりようなんだろうけど」

「そうなんですよね。やりようなんですよ。難しいですよね、やりようって」

最近はこんなふうにあれこれ考える。食材を見たらもう、すぐに。あれはつかえないかこれはつかえないかと。そうすること自体が楽しくなってる。自分で考えることも、小枝に意見を聞くことも。

それから、冬香さんがあらためておれらをマスターに紹介してくれる。

「そば『ささはら』の若き店長笹原鳴樹くんと、もっと若きパティシエ杉戸小枝ちゃんです」

「そばはわかるけど、パティシエっていうのは？」

それにはおれが答える。

「ウチ、そば屋なのにスイーツも出してるんですよ。ケーキとかプリンとか」

「へぇ。それはおもしろいね」

「今はまだ出前だけですけど、いけるようなら店でも出そうと思ってます」

「スイーツを出すためにパティシエさんを入れたんだ？」

「そうではなくて。小枝がパティシエだからスイーツを出すことにした感じです。思いつきで。正直、そばだけじゃまだ自信もなかったんで」

「そうなの?」と冬香さん。

「今考えればそうですね。だからよかったです、思いついて」

そこはもう認めていい。実際、そうだった。スイーツを思いついたのは、やはりそば屋としての自信はまだなかったからだ。結果オーライ。でもそれでいい。たかだか二年前までは、そば屋になる気すらなかったわけだから。

続いて、冬香さんは、マスターをおれらに紹介してくれる。

吉野《よしの》草安《そうあん》さん。そうあんさん、だ。店名の『ソーアン』はそこから来てるという。

「外の看板に英語で『so and』と書かれてましたけど」

おれがそう言うと、吉野さんはこう言った。

「あれはね、意味ないの」

「ないんですか?」

「うん。英語でそれっぽくしただけ。カッコをつけただけ。漢字で『草安』でもよかったんだけど、それだと読めないから」

「お名前自体は、本名なんですよね」

「そう。ぼくの父親が付けたらしいよ。何でかわかんないけどね。昔訊いたんだけど、意味なんかないよって」

「そこも、ないんですか」

「うん。でも何かぼくも、そういうもんだと思うようになったよね。別にさ、名前に意味なんてないじゃない。例えば進《すすむ》さんとか学《まなぶ》さんとかなら、我が子に進んでほしいとか学んでほしいとかで付けたのかなと思うけど、それだけでいいというつもりでもないだろうし」

「わたしなんて、冬の香り」と冬香さん。「わかりそうでわかんないよね。それって、何、雪の香り？　石油ストーブの香り？　って子どものころ思ったもん。親が特に冬好きなわけでもないし。わたしもやっぱり訊いたのよ。好きな季節は？　って。そしたら両親どっちも、夏、とか言ってんの。何それって思ったわよ。鳴樹くんのほうが、まだ意味がありそうじゃない。鳴る樹。鳴く樹。何か詩的よね」

「うーん。どうなんですかね」と言うにとどめる。

せっかく詩的とほめてくれるのだから、命名の直前で成樹を鳴樹に変えただけだとわざわざ明かしはしない。

「そんななんで」と吉野さん。「ぼくは自分の子の名前も適当に付けちゃったよ。そのくらいがちょうどいいのかなと思って。ただ、あん、は好きだったから、それはつかった」

「イアンとジョアン」と冬香さんが言う。

維安《いあん》と叙安《じょあん》、だそうだ。維安さんが兄で、叙安さんが妹。

「そこもやっぱりロックっぽくカッコをつけた」と吉野さんが笑う。

「でも名が体を表しましたよね」と冬香さん。「ちゃんとロッカーになりましたもんね」

「なったね。そこまで期待してたわけじゃなかったんだけど。維安はともかく、せめて叙安は普通の女子でいてほしかったんだけど」

「知ってる？　スカイマップ・アソシエイツ」と冬香さんに訊かれ、

「いえ」と答える。

「小枝ちゃんは？」

「知らないです」

「まあ、知らないよ」と吉野さん。

「バンド」と冬香さん。「プロだよ。維安くんがギターで叙安ちゃんがドラム。イギリスでアルバムを出してる。そっちでは結構有名」

「そうなんですか？」とおれ。

「そう」とこれも冬香さん。「日本にいるときはたまにこの店にも来るよ。マスターの家自体がすぐそこだから」

本国日本よりも外国で有名。たまにあるパターンだ。俳優でも、バンドでも。

「だから、まあ、子どもたちのおかげでこの店をやってられるんだよ。維安がね、SNSとかで言ってくれてるの。親がロックバーをやってるって。それで、たまにはファンの人たちが来てくれるわけ。そうでもなかったら、こんなとこでこんな店、やっていけないでしょ」

「やっていけなくは、ないんじゃないですかね」とおれ。

「いや、無理無理。こんな拓《ひら》けてもいない私鉄の駅前でロックバーは無理。ちょっと歩けばすぐに畑があるようなとこだし」

「駅前のおそば屋さんでさえ閉めちゃうようなとこですからね」と冬香さん。

「そうそう。まあ、藤倉さんの場合は、年齢的なことが大きかったみたいだけど」

「でも驚きました。そんな有名人絡みのお店だったんですね」とおれが言う。

「有名ではないよ」と吉野さん。

「現に鳴樹くんも小枝ちゃんも知らなかったわけだし」と冬香さん。「四葉に住んでるけど知らないっていう人も多いんじゃない？　店自体、パブとかスナックとか、そんなふうに思われてるかも。ロックロックした装飾とかはしてないから」

「冬香さんは、こちら、長いんですか？」と訊いてみる。

「長いねぇ。離婚したあとに拾ってもらったから、もう十七、八年じゃないかな」

「そんなになる？」と吉野さん。

「なりますよ。だってわたし、まだ二十代でしたもん」

「あぁ、そうか。じゃあ、ぼくも四十代だ」

「冬香さんもロック好きだったんですか？」

「全然。来てみたらここがそういうお店だったっていうだけ。初めはちんぷんかんぷん。聞いてるうちに少しずつわかってきて、好きになった」

「聞いてるうちにというか、聞かされてるうちに、だよね」と吉野さん。

「轟音《ごうおん》でないのがよかったかも。だから、徐々に体に染みこんできた感じ」

「このお店自体はいつからなんですか？」と、そうも訊いてみる。

「えーと、そのさらに十年ぐらい前からかな」と吉野さんが答える。

「そのころからスカイマップ・アソシエイツはありました？」

「いや、ないない。二人ともまだ子どもだったし」

「じゃあ、それありきでオープンしたわけでもないってことですよね」

「まあ、そうだね。オープンして、お客さんがあんまり入らなくて、でも細々とはやってて。いよいよヤバいと思ってたときに維安と叙安がそうなってくれた感じかな」

「結果的に、わたしも維安くんと叙安ちゃんに救われましたよ」と冬香さん。「スカイマップ様様」

「いや、ほんとだね。ぼくなんてさ、みんなに救われっぱなしだよ。息子にも娘にも、元奥さんにも。もちろん、こんなとこで長く働いてくれた冬香ちゃんにも」

聞き流しそうになったが、ん？　と思う。元奥さん？　元なの？

すぐに冬香さんが言う。

「マスター、鳴樹くんも小枝ちゃんも引っかかっちゃってますよ」

「え？」

「元奥さんてとこ」

「あぁ。自分で言うのも何だから、冬香ちゃんが説明して」

「いつもの感じでいいですか？」

「うん」

「じゃあ」冬香さんは説明する。「マスターは離婚してるの。奥さんに好きな人ができちゃって。理由がそれだから、維安くんと叙安ちゃんはマスターに付いてる。どっちも吉野姓のまま。このお店はその元奥さんのものなの。ここは元奥さんのお父さんが持ってた土地で、お店自体も元奥さんのもの。だから、マスターはマスターだけど、オーナーマスターではなくて、雇われマスター。マスオさん的な立場ね。サザエさんと離婚はしたけど磯野《いその》家との縁は切れてない、みたいな感じ。で、実際、マスターもマスオさん的な性格だから、別れた今もサザエさんとの仲は悪くない。店のオーナーと雇われマスターとして、それなりにいい関係を築いてる。と、こんなんでどうですか？　マスター」

「完璧《かんぺき》」

「タラちゃんはマスオさん側、ということですよね？」とおれが訊く。

「そういうこと」と冬香さん。

「タマは」

「いない。猫は飼ってない」

「すいません。何かいろいろ訊いちゃって」

「いや」と吉野さん。「早めに知っててもらったほうがこっちもいろいろ話しやすいから」

「これでもう知ってもらったからまた来てよっていう意味ね」と冬香さんが笑う。

「来ますよ。それこそもっと早くに知ってればよかったです。あの幹矢くんも、しばらくはここにいたんですね」

「そう。そのころは昼のランチ営業もしてたから今より人手が必要で、ミキは人材としててょうどよかったの。ほら、昼はどっちが出て夜はどっちが出るとか、そういう調整がわたしたちのあいだでできたから」

「あぁ。親子間で」

「うん」

「家族経営みたいなもんですね」

「経営ではないよ。下っ端従業員同士が家族ってだけ」

「でもぼくはたすかってたよ、あのころは」と吉野さんが言う。

「今はたすかってないですか？」

「今もたすかってるけど」

「というその感じがもう家族みたいですよ」

「長いからね」と冬香さん。「わたしは家族になってもいいかなと思ってモーションをかけてるんだけど、マスターが応じないの」

「そうなんですか？」

「いや、何それ」と吉野さんが笑う。

「と、いつもこうやってはぐらかすのよ」と冬香さんも笑う。

「ぼくはもう六十代だよ」

「わたしはもう四十代ですよ。期限すぎちゃいますよ」

「期限て」

あながち冗談でもないのかもな、と思う。冬香さんは吉野さんのことが好きだし、たぶん、吉野さんも冬香さんのことが好きではあるのだろう。見ててそんな感じはする。

ちょうど入れ替わる時間帯、と冬香さんが言ってたとおり、それからはお客さんが何組か来る。週初めの月曜だが、思いのほか来る。

吉野さんと冬香さんはその対応に追われるので、おれは小枝と二人で話をする。

自分の店では何度もそうしてるが、そこ以外だとやはり勝手がちがう。何を話していいかわからなくなり、おれはこんなことを言う。

「あのさ、もうちょっと売上がよくなったら、ちゃんと給料を上げるよ。普通のバイトの時給よりはもうちょっと出すようにする」

「何で?」

「いや、だって、ケーキとか考えてもらってるし。それはもうバイトの範疇《はんちゅう》じゃないだろ。ほんとならおれがやるべきことだ」

「別にいいよ、そんなの」

「よくないよ。社員のアイデアから生まれた利益をかすめとる会社、みたいなことはしたくない」

「何億円も利益が出てるとかじゃないし。そんなに出てるなら、ちょっとはちょうだいよって思うかもしれないけど」

「億の利益が出るケーキ。そんなのがあったらすげえな」

「すごいね。ただ、そもそもさ、わたしはアイデアってほどのものを出してないじゃない。そば粉のモンブランも、鳴樹くんの発案だし」

「でもおれじゃ形にはできないからな。その技術料は払わないと」

「まあ、払ってくれるならもらうけど」

「億の利益が出るケーキも、考えて」

「億の利益が出ちゃったら、お店、やめちゃうでしょ」

「そうか。やめちゃうか」と言ったあとに、続ける。「いや。一億じゃやめないだろ」

「五億なら？」

「やめる」

「やめんのかい」

「いや、やめねえか」

「どっちよ」

「やめないな。やめたら、おれ、することなくなっちゃうし。それはヤバいパターンだろ」

「宝くじに当たった人が身をもち崩す、みたいな？」

「そう。その感じ。小枝のお母さんはそれを売ってるんだよな？　宝くじ」

「うん」

「そういう人を知ってるとか？」

「いや。お母さんはただ販売員として売ってるだけだから。誰が当たったかなんて知らないよ」

「何億の当選くじがこの売場から出ました、とか、ないの？」

「億は、ないんじゃないかな。出たとしても、それを誰に売ったかまでは覚えてないはず」

「そうか」

「あ、でもたまに、おかげで十万当たりましたとか、そんなことを言ってくれる人はいるみたい」

「へぇ。十万はデカいな。言いたくもなるか」

「わざわざ言いに来るわけじゃなくて、次のを買いに来たときに言う感じらしいけどね。またお願いしますと言われるんだって。お母さんにしてみれば、お願いされても、なんだけど」

「お願いしたくもなるだろ。一度当選を経験すれば。十万て、何等？」

「年末ジャンボの一等の組違い賞、だったかな」

「組違いってことは、番号は全部同じってことか。それはちょっと来るな、気持ち的に」

「でも普通は組から見ていくでしょ。順番に」

「そうかもしんないけど。でも番号がぴったり同じは、来るだろ。一等は、いくら？」

「七億」

「七億！　それが十万になっちゃうのか。番号は同じなのに。それはまた別の意味でも来ちゃうな。がんばったんだからもうちょっとくれよって、思っちゃうよな」

「がんばったのはその人じゃないけどね」

「いや、一応、がんばってはいるだろ。外れるであろうことは承知のうえで買ってんだから」

「鳴樹くんは宝くじを買うの？」

「買わない」

「じゃあ、来るも何もないじゃない」

「買ってみようかと思ったこともあるけど、一等に当たる確率は二千万分の一だと聞いてあきらめた。一瞬さ、じゃあ、二千万枚買えば、とも思ったんだけど。それなら確実に当たるってわけでもねえじゃん。で、一枚三百円で二千万枚ってことは、六十億円。六十億つかって七億って。しかも当たんない可能性もあるって。絶対無理じゃん、と思ったよな」

「まずさ、六十億持ってる人が宝くじを買わないと思うけどね。その六十億をつかえるんだから」

「そうか。すでに一等が八本以上当たってる感じだもんな」

「六十億持ってる人は、宝くじを当ててそうなったのでもないだろうけどね」

「七億かぁ。当たんない自信もあるし、当たったら身をもち崩す自信もあるな」

「どうやってもち崩す？」

「まずは、家を建て替えちゃうんだろうな。屋根に金のシャチホコとか付けちゃうかも。で、明らかに宝くじに当たったとバレて妬《ねた》まれる。店は、そば屋から洋菓子屋に変えてチェーン展開するも大失敗。七億以上の負債が残る。で、おれと小枝で、店だのケーキだのの権利を巡って訴訟」

「いやだねぇ、それ」

「マジでそうはならないようにしないとな。おれを訴えないでな、小枝」

「そんなことにはならないよ。だって、宝くじは買わないんだし、億の利益が出るケーキをわたしが考えだすこともないんだし」

「考えられるやつなんていねえか」

「芽梨沙ぐらい才能があれば考えられるのかも」

「あぁ。女王芽梨沙。腕がいい人」

「うん」

「腕がよくて、いやな人」

「そういうことはもう言いたくない。どうでもよくなった」

「ほんとに？」

「ほんとに。億の利益が出るケーキを芽梨沙が考えだしたとして、それを自分がおいしいと思えないのは残念、と思うくらいかな」

「おいしいと思えるかもよ」

「ん？」

「どうでもよくなったんなら、もうおいしいと思えんじゃね？　うまいものは、やっぱうまいんだし」

「あぁ。まあ、そうかも」

何か適当なことを言っちったなぁ。と思いつつ、ビールを飲む。

四葉スタウト。マジでうまい。アボカドバーガーも、マジでうまい。盛り合わせのチーズもうまいし、野菜スティックもうまい。

いや、野菜スティックはただの野菜だろ、切って棒状にしただけだろ、とも思うが、うまく感じるのだからしかたがない。ここで食うからうまいのかもしれない。丼などの器も大事だが、場の空気も大事。本当に、そうなのだ。

小枝が言う。

「お店で働かせてもらって、すごくたすかった」

「ん？」

「わたし、どうしていいかわからなくなってたから」

「あぁ」

「最初はね、は？　と思ったの」

「思ったのかよ」

「製菓学校をやめて、服の会社もやめて、今度は近所のおそば屋さんでバイトかぁ、と思った。正直、どんどん落ちるなぁって」

「おぉ。落ちる、はひどい」

「そうだよね。ひどい」

「でも、まあ、落ちてるな」

「落ちてたかもしれないけど。でもそこで、お店がうまく受け止めてくれた。やわらかいクッションみたいになってくれた。クッションというか、トランポリンみたいな感じか。ぽよんぽよ～んと弾めたんだね。弾んだ勢いで、いつの間にか立ててた」

「背中から倒れて立ち上がる、みたいなやつ？」

「そう。気づいたらわたし立ってたっていう」

「気づいたらってことでもないだろ。自分で立とうと思ってなかったら、さすがに立てないよ」

「でもほんとにそんな感じ」

「だとしても、おれは何もしてないよな。謙遜《けんそん》とかじゃなく、文字どおり何もしてないよ。ただ店を手伝ってもらっただけだし」

「必要としてくれたっていうのが大きかったのかも」

「必要と、か」

「あ、してなかった？　必要と」

「いや、してたよ。ムチャクチャしてた。小枝のことは昔から知ってるから、その分やりやすいだろうと思ったし。おれが初めて店をやるっていうあの状態で、初めて会う人と、では難しかったよな。たぶん」

「それはわたしも思った。鳴樹くんの立場からじゃなくて、自分の立場から。例えば、何らかのお店のオープニングスタッフ、みたいなアルバイトだったらこうはいかなかっただろうなって。それでそこもやめてたら、わたしはもうほんとに何もできないんだと思っちゃってたかも」

「結果としてそうならなかったんなら、よかったよ。たまたま店長がおれで、たまたまあの時期に店を再開したんだとしても、よかった」

「和くんだってそうだと思うよ。雇ってもらえて、ほんとにたすかったはず。もしかしたらわたし以上かも」

「あいつは、まあ、あれだよ」

「何？」

「バイクの音がうるさいから、あのバイクじゃなくウチのバイクに乗せちゃおうと思っただけだよ。そうすりゃ近所迷惑になんないだろ。だからあいつのためというよりは、近所のためだな」

「と、そう見せて、やっぱり和くんのためでしょ」

「和太のためと見せて近所のため、じゃねえかな、どっちかというと。どっちでも同じだろ」

「鳴樹くんにとっては同じでも、和くんにとっては大ちがいだよ。といっても、和くん自身はまだそんなに感じてないかもしれないけど」

「あいつ、感じねぇからなぁ。何かの罰として出前をやらされてる、とか思ってたりしてな」

「何の罰よ」

「バイクでうるさくしたことの罰」

「そう思ってるなら、ちゃんと感じてるってことじゃない」

「感じてっかなぁ」

「近所の人に見てもらえるのも、よかったよね」

「ん？」

「あの子はバイクでうるさくしてた子だ、でも今はそっちのバイクに乗ってるならよかった、と、そんなふうに思ってもらえるかもしれない。まあ、前のＳＮＳみたいにいやなとられ方をする可能性もあるけど」

「普通は同じやつだと気づかないだろ。ヘルメットをかぶってもいるし」

「何人かが気づいてくれればいいじゃない。和くんの近所に住む人たちだけでも。そういう話って、案外広まるし」

「うーん」

「明日音さんも、喜んでると思うよ」

「どうかなぁ」

「アルバイトのこともそうだけど、高認のことは本当にほっとしてると思う。明日音さん自身、和くんに言ってたはずだし」

「あ、やっぱ言ってたの？」

「いや、知らないけど。親なら言うでしょ。自分の子が高校をやめたら、すぐに先を考えるでしょ」

「まあ、そうか」

「でも親の言うことは耳に入ってこなかったりするから。特にあの歳ごろだと」

「それはわかるわ。確かに、入ってこない」

「でもそこへ鳴樹くん登場。おそば屋さんのバイクで颯爽《さっそう》と登場」

「うわ、カッコわる。おれ、見事なおせっかい野郎じゃん」

「でも今期のみつばで一番いいおせっかいだったと思うよ」

「今期のみつば」

「ここ数年のみつばでも一番いいおせっかいかも」

「その、おせっかい、をほかの言葉にしてくんねえかな」

「思いやり、とか？」

「それも微妙」

「思いやりならおせっかいのほうが鳴樹くんには合ってるよ」

「というそれもまた微妙」

「いいじゃない。明日音さんにとってはまちがいなくうれしいおせっかいだったんだから」

「でも明日音さん、店に食べに来てはくれないよな」

「それは、和くんに来るなって言われてるから」

「え、そうなの？」

「そう。これは事実。和くん自身がそう言ってた」

「マジか」

「和くんね、店長には言わないでくれとも言ってたよ」

「何で？」

「店長は来てほしがりそうだからって」

「野郎。ぶっ飛ばす」

「まさにあの歳ごろならそういうもんでしょ。働いてるところに親が来てほしくないよ」

まあ、そうだろう。おれなら絶対に来てほしくない。

「まさかウチの従業員が営業妨害をしてたとは。でも小枝、言っちゃったじゃん。おれに」

「うん。考えたら、言わないのも明日音さんに悪いから。ほんとは食べに行きたいと思ってるだろうし」

「授業参観に行きたい親、みたいなもんか」

「それ。転んだけど立ち上がろうとする自分の子の姿は、見たいんじゃない？」

「だったら、無理やり来ちゃえばいいのにな」

「我慢してるんでしょ」

「我慢。しなくていいような気もするけど、しちゃうか」

「あ、そうだ、今度ね、桃衣は家族で食べに来てくれるって」

「えーと、友だち？　銀座のホテルの」

「うん。寺坂桃衣」

「月とすっぽんの、月のほうの人だ」

「そう。まあ、わたしが呼んだんだけどね。食べに来てよって」

「呼ぶ気になれたってことだ」

「ん？」

「近所のそば屋で働く姿を見られてもいいというか、見せてもいいと思ったってことだろ？」

「あぁ」

「泥にまみれたすっぽんとして、月に追いついたわけだ」

「追いついてはいないよ」

「そうか。そりゃそうだ。銀座のホテルとそば『ささはら』じゃ、まさに月とすっぽんだもんな。よし。実際に来てくれたらさ、月を大いに歓迎しようぜ。すっぽんグループとして」

「すっぽんグループは、何か、ちょっといや」

そこで冬香さんがおれの前にやってきて、言う。

「鳴樹くん、次はどうする？　飲みもの」

「あぁ。同じのを。と言いたいとこですけど、やっぱエールを。そっちも飲んでみたいんで」

「小枝ちゃんは?」

「わたしはスタウトを。同じく、飲んでみたいので」

「了解」

そう言って、冬香さんはおれらを交互に見る。見くらべる。

「何ですか?」とおれ。

「お二人、やっぱり仲いいじゃない。さっきから見てるけど。もう、カレシカノジョの空気感だよ」

「いや、それは」

「ずっと同じお店で働いてるからですよ」と小枝が言う。

「ずっと同じお店で働いててもそうはならないよ。もしそうなら、店長と店員はみんなカレシカノジョってことになっちゃう」

「というか、森田さん」とおれ。「さっきから見てた、んですか?」

「うん。働きながらチラチラと。あぁ、これはわたしとマスターの感じだな、と思った」

「何ですか、それ」

「好きなのに言わないっていうやつ。って、まあ、わたしは言っちゃってるけど」

本気なのか冗談なのか、やはりわからない。でも半分は本気なのだろう。そうでなければ、逆にそんなことは言えない。本当に好きでなければ、吉野さんに失礼、になってしまう。吉野さんもそれはわかってるのだろう。吉野さんに冬香さん。大人だな、と思う。おれ自身もう三十なのに、思ってしまう。

蜜葉エールに四葉スタウト。おれと小枝で入れ替えての二杯め。冬香さんはそれぞれのグラスも替えてくれる。新しいものを出してくれる。二杯めも同じビールを頼んだとしてもそうしてくれるのだと思う。

またしても冬香さんが注いでくれた初めの一杯を飲む。

エール。こちらもうまい。確かにフルーティ。

うん。フルーティ、はいい。冷たいそばのつゆに入れるだけでなく。輪切りにしたすだちもしくはかぼすを温かいそばにそのまま載せたすだちそばやかぼすそばもありかもしれない。その流れで、すだちケーキやかぼすケーキなんかも。サワークリームとはまたちがう酸味があるクリーム。それ、本当にいいんじゃないだろうか。

と、そんなことを考えてると、店にまた新たなお客さんが入ってくる。

五十すぎぐらいの男性だ。カウンター席、空いてたおれの左隣に座る。

「いらっしゃい」と冬香さんが言う。「明日はお休みですか?」

「うん」

「今日はどうします?」

「ビールは省いて、初めからアイリッシュにしようかな」

「ブラックブッシュ？」

「そうだね」

「ロックでいいですか？」

「うん」

「アイリッシュと来たら、シン・リジィの『ウィスキー・イン・ザ・ジャー』、かけちゃいます？」

「いいね。お願い」

「マスター。マスコさんの『ウィスキー・イン・ザ・ジャー』、入ります」

それで、えっ？ と思う。

吉野さんが言う。

「マスコちゃん、いらっしゃい。ちょっと待ってね。三曲あとの『クイーン・ジェーン』が終わったらかけるから」

「おぉ。ディラン。あれ、ピアノがいいですよね」

「そうね」

「ハイウェイ61って、アル・クーパーのオルガンのことばっかり言われるけど、実はピアノがいいですよ」

「うん。ポロンポロンいうあれね。ぼくも好き。『クイーン・ジェーン』の終わりのほう、最高」

「わかります。うたバックのとこですよね」

「そう。うたの、五番、なのかな。最後だけちょっと暴れる」

そこでやっと左を見る。

気配を感じたのか、男性も右を見る。

「あっ」とおれは言う。「やっぱそうだ。益子さん、ですよね」

「えーと」と益子さんも言う。「あぁ。おそば屋さんだ」

「何、知り合い？」と吉野さん。

「ウチの店にも来てくださってるんですよ」

「へぇ。そうなんだ」と冬香さん。「でも、そうか、益子さん、おそばも好きですもんね」

「うん。隣の『後楽庵』もなくなっちゃったから」

「あぁ。それで」

「そう。みつばまで足を延ばした。といっても、ちょっとバタバタしちゃってるから、最近は行ってないけど」そして益子さんはおれに言う。「申し訳ない」

「あ、いえいえ」

確かに、益子さんは最近来ない。出前も、結局一度もとってない。ギリ範囲外だが出前すると伝えはした。範囲外だと言ってしまったことがよくなかったのかもしれない。それで遠慮をさせてしまったのかもしれない。

「わたしも行きますよ。そば『ささはら』」と冬香さん。「こないだも行きました。で、今日は鳴樹くんがこっちに来てくれました」

「そういうことか」と益子さん。「冬香ちゃんも行ってたんだね」

「はい。みつばにおそば屋さんができたと聞いて、それからはよく」

「何かすごいですね」とおれが言う。「こんなとこでお会いするなんて。宝くじに当たるくらいの確率じゃないですか？」

「それは大げさ」と冬香さん。「お二人がどちらもこのお店に来てくれるようになったことは偶然だけど、ここで会うこと自体は大した偶然じゃないの。鳴樹くんが何度か来てくれれば、益子さんとは必ず会うから」

「必ず、なんですか？」

「必ず」

「そう、なんですか？」と益子さんにも訊く。

「そう、だね」

「益子さんが教官さんなのは、鳴樹くん、知ってるの？」

「いえ」

「言っちゃっていいですか？」と冬香さん。

「うん」と益子さん。

「四葉自動車教習所の教官さん」

「あぁ。四葉自教。僕も行きましたよ。みつばの人は、たぶん、ほぼ全員あそこですよね」

「でしょうね。鳴樹くんも教習で益子さんに当たってるかも」

「当たっては、いないような」

「でも教官さんのことなんて覚えてる？　指名をしなければ毎回ちがうはずだし」

「そうか。そうですね。考えてみたら、一人も覚えてないです」

「そんなもんだよ」と益子さん。「それはウチらも同じだし。覚えてるのは、何かトラブルがあった教習生ぐらい。なかったでしょ？　トラブル。酒を飲んで教習に行っちゃったとか、教官にハンコをもらえなくて激怒したとか」

「なかった、はずです」

「でね」と冬香さんが言う。「教官さんはだいたい三勤一休なの。三日働いて一日休み。だから休みは決まった曜日じゃなくて、ちょっとずつずれる。その休みの前の日に、益子さんはこうやって来てくれるわけ。教習がある日の前の日に飲みすぎちゃうとまずいんで、休みの前の日だけ。でも毎回来てくれる。だから、鳴樹くんが毎回同じ曜日に来てくれなくても、いずれは会う可能性が高い」

「あぁ。なるほど。いや、それにしても驚きました。まさかお会いすると思ってないんで、すぐには気づきませんでしたよ」

「お隣も、店の人だよね」

「はい」と小枝が言う。「お世話になってます」

「奥さんじゃないとは聞いてたけど。何、二人はカレシカノジョなの？」

「いえ、そういうことでは」とおれ。

「二人でウチに来てるんだから、そういうことだと思っちゃいますよね」と冬香さん。

「思っちゃう」と益子さん。「でも、そうかぁ、おれも驚いたよ。おそば屋さんは、おそば屋さんにいてくれないとわかんないね。店で紺色のあれを着ててくれないとわかんない。おれ、言われなきゃ最後まで気づかなかったかもしれないよ」

「でも何度かここで居合わせてれば気づきますよ。このプレスリー似の彼、どっかで見たぞ、となって」

「ん？」

「鳴樹くん、若いころのプレスリーにちょっと似てませんか？」

「似て、る？」

「カッコよさをとったプレスリー」

「あぁ。だったら似てるか」

「やっぱとっちゃうんですか」とおれ。

「益子さんて」と小枝が言う。「ここの常連さんなんですよね」

「そうだね」と益子さん。

「まちがいなく一番の常連さん」と冬香さん。「何せ、四日に一度は来てくれるから」

「ということは」とこれも小枝。「お酒もでしょうけど、ロックも好きなんですか？」

「好きだね」

「前から好き、ということですよね？」

「うん。中学のときからずっとかな。もうね、好きなアルバムは、全曲、構成まで覚えてたよ。うたは何番まであるとか、どこでギターソロが入るとか。授業中、頭のなかでアルバムを一枚通して再生したりしてたからね。で、不意に先生に指されてあせる」

「わたしも四葉自教さんで免許をとったんですけど。もしかしたら、益子さんに教わってるかもしれません。わたし、縦列駐車がすごく苦手で、何度かつまずいてるんですよ。車庫入れはいいんですけど、縦列駐車はダメ。それこそハンコをもらえなかったこともあって、何かいやになっちゃって。そんなときに益子さんに教習を見てもらったような気がします」

「あぁ、そう」

「はい。教官さんて、なかにはちょっとこわい感じの人もいるじゃないですか。だから教習中に雑談するなんてことはそれまでなかったんですけど。わたしが行き詰まってることを察したのか、あせんなくていいから一回力抜こう、と言ってくれた人がいたんですよ。時間をオーバーしたらお金はかかっちゃうけど、でもそれだけのことだから。免許をとれなくなるわけじゃないから。みたいなことも言ってくれて。それで、ちょっと雑談したんですよ。そのときにわたしが、教官さんてお休みの日は何をしてるんですか？　と訊いて。そしたら、音楽を聞いてるね、という答が返ってきて。どんな音楽ですか？　とも訊いたら、ロック、と。それ、たぶん、益子さんだったんじゃないですかね。歳格好からしても」

「ぽいねぇ」と冬香さん。「ぽいというか、もう完全に益子さんでしょ」

「じゃあ、そうだったのかな」と益子さんも言う。

「あの、力抜こう、はすごくたすかりました。気が楽になったっていうか」

「お金はかかっちゃうけどそれだけのことっていうのは、何か、ずるいね。教官が言ってないことではないような」

「でも教官さんが言ってくれたから、あぁ、そうか、と思えたんだと思います。普通は、自分たちも好きでハンコを押さないわけじゃない、みたいなことを言うでしょうし」

「おれ、それは言わなかった？」

「たぶん」

「益子さん、カッコいい」と冬香さん。「でも実は小枝ちゃんを狙ってたんだったりして」

「いや、娘と歳が近い子を狙わないよ」

「娘さんがいらっしゃるんですか」とおれ。

「うん。離婚してることは、言ったよね？」

「はい。聞きました」

「娘がいんの。しばらくずっと会えてなかったんだけど」

「そうですか。何か、すいません」

「いや、だいじょうぶ」

「一緒に住んではいないけど、今はまた仲よしですもんね」と冬香さん。「お孫ちゃんもいるし」

「うん。ちゃんと会わせてもらえてるしね」

「いいですよね。ロックじいじ」

「いやぁ。これからはヒップホップじいじでなきゃダメでしょ」

「益子さんは、今も教習車に乗られてるということですよね？」と訊いてみる。

「うん。乗ってるよ。修了検定だの卒業検定だのもやってる」

「いずれウチの出前小僧もお世話になると思います」

「出前小僧って、アルバイトの子か何か？」

「はい。今は原付免許しか持ってなくて、もう十八なんで普通免許もとれるんですけど。ちょっといろいろあって忙しくて。でもとりたくてウズウズしてはいるみたいなんで、落ちついたらすぐ四葉自教に行くと思います。そのときはよろしくお願いします」

「こちらこそ」

「ムチャクチャ甘いやつなんで、厳しくしてやってください。ハンコを押さないでやってください」

「それは無理だよ。悪徳教官になっちゃう」

「じゃあ、簡単には押さないでやってください」

「でも進んで免許をとりに来る若い子は飲みこみが早いから、たいていすんなりいっちゃうんだよね」

「ならせめて、そのすんなりのあいだに安全への意識みたいなものはしっかり叩《たた》きこんでやってください」

「それはやるよ。どんな教習生にも、うっとうしがられるぐらい、やる。結局、一番大事なのはそこだから。運転技術とかじゃなくて、そっちだから」

「和くん、ほんとに益子さんに見てほしいね」と小枝が言う。

「そうだな。じゃあ、免許代の補助みたいな感じで、店からちょっとしたボーナスを出すか。その代わり、益子さんを指名させる」

「それはいいかも」

「できるんですよね？　指名」と益子さんに訊く。

「うん。ウチはできる。してくれるならたすかるよ。教官も、サービス業というか接客業的な面が大きくなってきて、そういう部分も見られるから」

「マジですか。大変ですね」

「こわい感じの教官はまだいるかもしれないけど、もう怒鳴る教官なんていないからね」

「怒鳴られないからって、お前、調子こくんじゃねえぞ、と僕があらかじめ言っときます」

「そんな荒くれ者なの？」

「いや、単にクソ生意気なガキってだけですけど」

「おれも楽しみにしてるよ。最近、そういう骨のある子も少なくなったから」

「あ、骨はないです。軟骨程度のものがちょっとあるくらいで」

冬香さんがブラックブッシュなるアイリッシュウイスキーをロックグラスに注ぐ。

アイリッシュということで、愛蘭さんをふと思いだす。和太の中学時代の同級生、曽我部愛蘭さんだ。顔も知らないのに思いだすも何もないが、それでもやはり思いだす。

和太は愛蘭さんのことが好きだったのだろう。今も好きなのかもしれない。時間が経っても二人がいい関係でいられたらいいなと思う。付き合うとかそういうことではなく、おれとネット銀行の中垣羽緒のような、懐かしく思い返せる間柄でいてくれたらいいなと。

ロックグラスを手にした益子さんと乾杯する。

そこで曲が替わる。

エレキギター一本でのイントロが始まる。

「お、来た」と益子さんが言う。「『ウィスキー・イン・ザ・ジャー』」


高等学校卒業程度認定試験第二回の結果が出た。

洞口和太。歴史、生物基礎、合格。

もしかしたらこの二回めですべて合格なんてこともあるのでは、と思ったりもしたが、そうはならなかった。さすがにそんな奇跡は起きなかった。

第一回と第二回で全科目に合格する人も多いと聞く。でもそれは早い段階からそこを目指した人の場合だろう。残念ながら、和太はスタートが遅かった。本人も言ってたが、勉強する習慣自体、なかった。それにしてはよくやったと思う。これでもう半分までは来たのだ。

おれは和太に言った。

「お前、理系科目で一つ受かれたのはデカいよ」

「理系科目といってもさ、生物はちょっとちがうじゃん。物理とか化学とかにくらべたら文系寄りじゃん」

「何、お前、偉そうに謙遜か？」

「ちげーよ。店長が偉そうにほめるから言っただけだよ」

「偉そうにほめるって何だよ」

和太はこうしておれを店長と呼ぶようになってる。秋ぐらいからそうなった。

初めは呼ばなかった。笹原さん、でも、鳴樹さん、でもなかった。ねぇ、とか、あのさ、とか。話しかけてくるときはいつもそんなだった。

店長と呼べとおれが言ったわけではない。店長でいいんじゃない？　と小枝が言ったっぽい。小枝が言うことは、和太もすんなり聞くのだ。

ちなみに、和太は小枝のことを、こえさん、と呼んでる。初めはそのまま小枝さんだったが、それが縮まってこえさんになった。

まあ、それはいい。

あとは、英語、公共、数学、科学と人間生活。四科目。

次の試験までは八ヵ月ある。うざがられるので直接言いはしないが。気を抜かないでがんばれ。マジでがんばれ。和太。

この和太二科目合格のほかに、もう一つ、いいことがあった。

新荒瀬家が出前をとってくれたのだ。蜂須賀家が加わった、新荒瀬家。荒瀬康恵さんと、蜂須賀高光さんと敏恵さんと陽南穂《ひなほ》さん。

陽南穂さんが康恵さんの孫だ。その名前は、康恵さんがおれに教えてくれた。太陽の陽と南と稲穂の穂で陽南穂だよ、と。

ほっとした。説明の途中で、あれ、どんな字だっけ、なんて康恵さんが言いださなくてよかった、と思ったのだ。

出前の丼を受けとりに出てきてくれた陽南穂さん自身も言った。

おばあちゃん、ずっと忘れないでよ。わたしは名字と合わせて漢字六文字だから覚えておくのは大変だけど、でも忘れないでよ。

その言葉にはちょっとドキッとしたが、同じく出てきてくれた高光さんと敏恵さん、さらには康恵さん自身も笑ってたので、おれもつられて笑った。

できればおれのことも、康恵さんにはずっと覚えててほしい。名前まではいい。よく出前をとってた町のそば屋。そんな覚え方でいいから。

というわけで、もう十二月。

店を再開して一年が過ぎた。

どうにかやってこられた。小枝と和太のおかげだ。小枝がいなければ無理だったし、和太がいなければきつかった。

で、迎える二度めの年末が一度めと同じでいいはずがない。進歩なし、ですませてはいけない。だから今年はいろいろ試すことにした。

十二月でそばと言えば、もちろん、年越しそば。

親父の代は、特に何もしなかった。二十九日か三十日にはもう店を閉めてしまってた。三十一日に開けてたこともあるが、意外とお客さんは来ないのだ。昼に年越しそばを食べる人は少ないし、夜にわざわざ出てくる人も少ないから。

出前を始めた今は、考えどころだ。三十一日も営業して出前もします、となれば、注文してはもらえるだろう。だったらと、むしろ殺到してしまうかもしれない。そうなったら、たぶんパンクする。対応できなくなる。といって、店を閉めてしまうのはもったいない。

そこで、その日だけは予約制にすることにした。クリスマスケーキの予約、みたいなもんだ。二十軒なら二十軒と初めから決めて、予約を受ける。その数に達したら終了。三十はさすがに厳しいので、二十。店内の貼り紙や出前の際の口頭伝達で周知した。

それに備えて、中古のカブをもう一台買った。二台体制にしようと前から思ってはいたのだ。一台がいきなり故障したときの予備という意味でも。

そんなわけで、ウチの車庫も活きた。カブ一台ではさびしかったが、二台ならちょうどいい。あらためて、親父と母ちゃんに感謝した。家を建てると同時に車庫もつくってくれてたすかった。

三十一日は和太もおれも出前に出るつもりでいる。調理は小枝にまかせて。

器用な小枝はもう完璧にすべてをこなせるのだ。例えばかつ丼の仕上がりはきれいだし、ねぎを切るのはおれより速い。さすがパティシエ、と言ったら、パティシエは和包丁をつかわないしねぎも切らないよ、と言われた。ヤバい。おれのスキルアップこそが必要。そう思った。

とにかく、今年はその形で試してみる。ダメなら変えればいい。そば『ささはら』はやっと二年め。試せることは試していけばいいのだ。スイーツにまで手を出したのだから、こわいものはない。そのうち家電も売ったりするようになるかもしれない。猫カフェならぬ猫そばを始めたりするかもしれない。

で、そう、まさにクリスマスケーキの予約もやることにした。クリスマス仕様のデコレーションケーキ、ホールケーキだ。

小枝に話したら、やりたいと言ってくれたので、そちらにもとりかかった。出前でケーキやプリンをとってくれるお客さんも増えてきたから、勝算はあったのだ。このクリスマスケーキは特別。値も張るので、二品しばりはなし。それ一品でも出前をする。

オリジナルのクリスマスケーキをつくるにあたって、小枝は福家早織さんに相談した。製菓学校時代の同期で今は都内の洋菓子店でパティシエをしてる、早織さんだ。

おれも一度オンラインで話した。見た目がギャルっぽくて驚いた。おとなしめな人かと、勝手に思ってたのだ。

小枝を泥沼から引き上げてくれた店長さんですね？　と言われた。おそば屋さんでもスイーツとか、めっちゃナイス！　逆にウチの店でおそばを出したりするのもありかも。わたしも今度そば『ささはら』に行きますよ。じゃ、小枝をよろしくお願いしま〜す。

その早織さんから小枝への、クリスマスケーキに関する提案はこれだった。

思いきってプリンを載せちゃうっていうのは？　プリンケーキにするわけじゃなくて、プリンをケーキにそのまま載せちゃうの。

普段プリンの出前もしてるなら、ということでの提案だったらしい。

悪くない。プリンの宣伝にもなるし。出前の際にそのプリンがつぶれてしまわないかという懸念はあるが。

プリンは小さめにしてケーキの真ん中にそっと埋めこむような感じにすればどうにかなるかも、と小枝は言った。ウチのプリンはそもそも硬めだから、箱の蓋《ふた》で圧迫されたりしない限り、簡単にはつぶれないと思う。ただ、冬で気温が低いとはいえ、わたしがお店でつくったらすぐに届けてもらわなきゃいけないけど。

そのあたりは要検討。でも基本的にはその線でいくことになった。クリスマスケーキのイメージから大きく外れてがっかりさせてもいけないので、ベースはスポンジに生クリームに苺。冒険はそのプリンのみ。

やれると小枝が思ったのは、店で星川心奈さんにプリンをほめられたからだ。

前に心奈さんが来てくれたとき、サービスでプリンを出した。あ、おいしい、と心奈さんは言ってくれた。その、あ、がよかった。無理に言ってる感じ、つくってる感じがなかった。

素の感想に聞こえた。と、小枝自身がそう言った。それが自信になったのだと。

その感想は、心奈さんが小枝に直接言ったのではない。おれに言ってくれたそれを、小枝は厨房で聞いてた。ある意味、間接的。だからこそ響いたらしい。

で、その心奈さん。最近来ないな、と思ってたら、来てくれた。

珍しく、というか初めて、一人ではない。二人ですらない。三人。

午後七時すぎ。和太は出前に出てた。お客さんもいなくなったので、今日はもう終わりかな、とクリスマスケーキを試作中の小枝に言った。そこで引戸が開いた。

「いらっしゃいませ」と言いながら厨房から出ていった。

すると、三人がいたのだ。

心奈さんと、あと二人。大人の男女。

「あ、こんばんは」と心奈さんに言ったあと、大人二人にも再度言った。「いらっしゃいませ」

「まだいいですか?」と女性が言う。

「どうぞ。お好きなお席へ」

「いつもここ」と心奈さんが二人を窓際のテーブル席へ導く。「四人用だけど、一人で座っちゃうの。お客さん、そんなにいないから」

「いや、失礼でしょ」と女性がたしなめる。

「いえいえ。本当にそうなので」とおれ。

すぐに三人にお茶を出す。

そう。お冷やではない。温かいお茶。冬はそのほうがいいんじゃない？　という小枝の意見を入れてそうしたのだ。

温かいそばやうどんを食べる人はお冷やのほうがいいのでは、と思ったが、ざるそばや丼ものを食べる人はそっちのほうがいいかもな、とも思った。確かに、冬に飲食店に入って温かいお茶が出てくると、ちょっとうれしい。お冷やは、望まれたら出せばいい。

「いつも娘がお世話になってます」と女性が言う。

「いえ、こちらこそ。いつも食べに来ていただいて、ありがたいです。えーと、お母さんですか」

「はい。星川といいます」

「ナエミです」と心奈さんが足す。「植物の苗に木の実の実で、苗実《なえみ》。それも一発で読めますよね？」

「読め、るね」

「で、こちらはお父さん。と思わせて、ツクイさん。新しいお父さん」

「え？」

心奈さんが説明してくれる。

津久井《つくい》朋《とも》さん。苗実さんと同じ会社の人。

津久井さんと苗実さんは付き合ってて、近々結婚する。だから畑山《はたけやま》から星川になった心奈さん、次は津久井になるのだそうだ。

「何、その説明」と苗実さんが苦笑する。「畑山はいらないでしょ。星川からにしてよ」

「いいんですか？」とおれ。「ただのそば屋にそこまで」

「だって」と心奈さん。「ずっと一人で来てたのにいきなり三人で来たら、何なの？　って思いますよね」

「何なの？　とは思わないけど」

「でも、どういうこと？　とは思いますよね」

「うーん。そうも思わないような」

「おそば屋さんがお客さん一人一人にそこまで関心を持たないわよ」と苗実さん。

「関心を持たないわけでもないですけど。立ち入ったりは、できないので」

「これからは三人で来ることもあるはずだから、先に紹介しちゃおうと思って」と心奈さん。

「それは、どうもありがとう」そしておれは苗実さんと津久井さんに言う。「よろしくお願いします」

「よろしくお願いします」と苗実さんが言い、

「よろしくお願いします」と津久井さんも言う。

やっと声を聞いた、と思ったら。その津久井さんがさらに言う。

「いやぁ」

「何？」と苗実さん。

「あせった」

「いきなり、新しいお父さん、だもんね」

ここでまさに、どういうこと？　と思ってるおれに、今度は苗実さんが説明してくれる。

「この人がウチに来るのは、今日が初めてなんですよ。三人で会ったことはあるんですけど、家に来るのは初めて」

「あぁ。そうなんですか」

「はい」と津久井さん自身が言い、こう続ける。「心奈ちゃん、いいの？」

「何が？」

「いや、新しいお父さんていう、それ」

「いいの？　とか訊かなくていいよ。新しいお父さんをお父さんと呼ぶとか呼ばないとか、ドラマでよくあるでしょ？　そういうのめんどくさいから、早いうちに呼んじゃおうと思っただけ」

おれがここにいていいの？　とまさにおれが訊きたくなるが、代わりにこれを訊く。

「えーと、ご注文は」

「あ、そうそう。頼まなきゃ」と苗実さん。「どうする？」

「わたしは親子丼」と心奈さん。

「じゃあ、わたしも」

「あ、じゃあ、ぼくも同じで」と津久井さん。

それには苗実さんが言う。

「いや、好きなのを食べてよ。かつ丼とか、天丼とか」

「一番好きなのが親子丼だよ」

「前からそうだった？」

「四十を過ぎてそうなった。もうおじさんだから」

「二人、同い歳です」と心奈さんがおれに言う。

「ちょっと。お母さんも四十を過ぎてることがバレちゃうじゃない」

「隠したいの？　おそば屋さんに」

「隠したいわよ。おそば屋さんにだけじゃなく、誰にだって隠したい。心奈はまだ十四歳だから隠さないでいられるの。ということで、親子丼三つお願いします」

「誰もおそば頼まない」と心奈さんが笑う。

「親子丼も立派なそば屋メニューだから」とおれが返す。「では親子丼三つ。お待ちくださ い」

そして厨房に戻ると。

ケーキをつくってた小枝が無言でおれを見る。驚きだね、と目が言ってる。真ん丸になってる。

うんうん、とおれもうなずく。

「お祝に、あとでまたプリン出す？」と小枝。

「お祝だからケーキにしよう」とおれ。

それから親子丼を三つつくり、味噌汁とお新香とともにテーブル席に届けた。

「お待たせしました。親子丼です」

「待ってました。お腹ぺコぺコ」と心奈さん。

「おいしそう」と苗実さん。

「確かに」と津久井さん。

お腹ぺコぺコなら、ということで、先に言ってしまう。

「あとでケーキをお出ししますよ。それはサービスです」

「ほんと？」と心奈さん。

「いいんですか？」と苗実さん。

「はい」とおれ。「サービスというか、勝手にお祝をさせてもらいます。だから、親子丼はそのつもりで食べてください。お腹のどこかをちょっとは空けておくつもりで」

「だいじょうぶです」と心奈さん。

「ケーキは別腹だもんね」と苗実さん。「もうおじさんでも、それは同じよね？　だいじょうぶよね？」

「だいじょうぶ」と津久井さん。「もうおじさんでも、ちゃんとケーキは別腹です」

「よかったです。食べ終わったらお持ちしますよ。ではごゆっくり」

そう言っておれが去りかけたところで、心奈さんが言う。

「合格?」

自分が言われたのかと思い、立ち止まる。

ん? とおれが言う前に、苗実さんが言う。

「合格」

「はい?」とそこでおれ。

「合格だそうです」と心奈さん。

「え、何?」

「店長さんの試験でもあったんですよ、これ」

「試験?」

「はい。こないだわたしに、出前もするよって言ってくれましたよね?」

「うん。言ったね」

「実は、出前もずっと考えてたんですよ。できたてを食べたいっていうのもほんとですけど、出前をしてもらったほうがわたしも楽だし」

「そう、なの?」

「はい。家で食べられたほうが楽は楽。でもお母さんが」

そして苗実さんが引き継ぐ。

「ごめんなさい。別に疑ってたわけではないんですよ。ただ、女子中学生が一人でいる家に出前をとるのはちょっとこわいなとも思っちゃって」

「あぁ」

「店長さんがこわいということじゃなくて、あくまでも一般的な話です。ほかの宅配とちがってお店の人自身が届けてくれるおそば屋さんの出前ならだいじょうぶだと思ってもいたんですけど、でもやっぱり」

「そういうことでしたか」

「ほんと、ごめんなさい」

「いえ。わかりますよ。逆にそば屋の出前だと、お金のやりとりなんかもしなきゃいけないですからね。それこそほかの宅配みたいに外に置いとくことはできないですし」

「でも、思いましたよね？　女子中学生を一人でお店に行かせるなんてあぶないでしょって」

「いえ。心奈さんは、しっかりしたお子さんですし」

「だから」とその心奈さんが言う。「このお店なら出前をとってもだいじょうぶだとお母さんにわかってもらうための、試験」

「試験て言わないで」と苗実さん。「ほんとに失礼だから」

「もし合格できたのなら、うれしいですよ。ムチャクチャうれしいです」

「もう、合格も合格です。満点です」

「おぉ。すごい」

「タダでケーキを出してもらえるから、だったりして」と心奈さん。

「そんな意地悪も言わない」と苗実さん。

「では今後は、どうぞ出前もご利用ください」

「ありがとうございます」

「あ、ただ」

「はい」

「僕以外にもう一人、和太っていう若いのが伺う可能性もあります。まだ十八歳ですけど、失礼がないよう、僕が言い聞かせます。もし失礼があったら、すぐに言ってください。鉄拳制裁しますから。というそれは冗談で、鉄拳はなし。ちゃんと言葉で叱ります。といっても、パワハラ的な感じじゃなく、ソフトにいきます。だから、だいじょうぶです」

「店長さんにそう言ってもらえるなら安心です。よろしくお願いします」

「こちらこそ、よろしくお願いします。出前に伺うお宅は、ベイサイドコート、でしたよね？」

「今はそうですけど」と苗実さんが言う。「もしかしたら移るかもしれません」

「そうですか。それも、みつばですか？」

「はい。ムーンタワーみつば」

「あ、タワーマンション」

そう。みつばに唯一あるタワーマンションだ。三十階建て。駅前にある。

「すごいですね」

「いえ、すごくないです。わたしたちは賃貸ですし、入れるとしても低い階になりそうです」

「だとしても、あそこに出前に行くのは初めてです。そば屋が入れ、ますよね?」

「入れると思います。ただ、丼をとりに来ていただくのは、誰かがいるときになってしまうかもしれません」

「それはだいじょうぶです。いついつがいいと言っていただければ」

「わかりました。そうします。って、まだ入居もしてませんけど」

そこで思いついたことを、おれは言う。

「そうか。あそこなら、心奈さんも転校しなくていいんですね」

「はい。そのまま南中に通えます」

「このお店にも来れます」と心奈さん。

「ありがとう」とおれ。「では親子丼、冷めないうちにどうぞ」

「いただきます」と三つの声がそろう。女声が二つ、男声が一つ。まさに親子の声だ。

その後、和太が出前から戻った。

ならばと、三人が親子丼を食べ終えるのを待って、紹介した。

「これがさっきお伝えした和太です。僕でなければ、この和太が伺います」

「こんにちは」と和太が言うので、

「こんばんはな」と即訂正。

「こんばんは。洞口和太です。えーと、失礼がないように、がんばって、ちゃんと出前をしますんで、よろしくお願いします」

そして和太は頭を下げた。思いのほか深くだ。

「あぁ。ご丁寧に、すいません」と苗実さん。「こちらこそよろしくお願いします。何か、ほんと、ごめんなさい。出前をしていただく側なのに」

失礼がないように、がんばって、ちゃんと。

和太は厨房で小枝に言われたことをほぼそのまま言っただけなのだが、不覚にもおれは、ちょっと感動してしまった。

そのくらい言えて当然、と大人なら思ってしまうが。初めて会う他人家族に十八歳がきちんとあいさつできるかと言ったら、そんなことはないのだ。高三のときのおれなら、たぶんできなかった。頭を下げるのも、ただうなずくだけの感じになってたはずだ。サッカー部の、ちわっす、という五十嵐へのあいさつみたいに。

和太は、同い歳のほかの子たちよりちょっと遅れてしまった。でもこうした部分では先を行ってるとも言えるのだ。今のこの姿を見たら明日音さんは喜ぶだろうな、と思う。和太自身は見せたくないだろうが。

明日音さんと和太。今度、二人を一緒に呼ぼう。まずは店に呼んで好きなそばや丼ものをタダで食べてもらい、そのあと家に上げ、母ちゃんに線香を上げてもらおう。もちろん、親父にも。母親は一緒じゃなくていいよ、とか言うんじゃねえぞ。和太。

それから、親子丼の丼を下げ、予告しといたケーキを出した。苺のショートケーキとチョコレートケーキとそば粉のモンブランだ。

そう。モンブランはこのそば粉ヴァージョンに切り換えた。たぶん、意識してなければ気づかないが、言われればそば粉をつかってるとわかる。まあ、わからなくても、うまいことはうまい。名前でそば屋感も出せる。だからこちらにした。

話し合いの結果、チョコレートケーキが心奈さん、苺のショートケーキが苗実さん、そば粉のモンブランが津久井さん、になった。

心奈ちゃんが好きなのを選んで、と津久井さんは言ったのだが、新しいお父さんが選んでいい、と心奈さんは言った。そこでも、新しい、を付けたことに、おれはちょっと笑った。

何となくわかる。まだ入籍はしてないから、ということでもあるのかもしれないが。いきなり、お父さん、はやはり恥ずかしいのだろう。新しい、を付けることで、あだ名みたいに呼べるのだ。

で、津久井さんが選んだのがそば粉のモンブランだった。本当にそれが食べたかったのかはわからない。心奈さんが一番選ばなそうなものを選んだ、ということかもしれない。言ってみれば、忖度《そんたく》。でも決して悪いそれではない。世の中にはいい忖度もあるのだ。というか、そもそも忖度はいい意味でつかわれる言葉なのだ。政治絡みでおかしな感じになってしまったが。

次、お母さんが選んでいいよ、とも心奈さんは言い、苗実さんは苺のショートケーキを選んだ。それは、まあ、苗実さんが本当に食べたかったっぽい。世の中には忖度をしなくていい関係もあるのだ。いずれ心奈さんと津久井さんもそうなれるといい。親子としてその域に行けたらいい。

ということで、この日最後のお客さんは、新親子三人。

そして翌日最初のお客さんもまた新親子だった。こちらは三世代、四人。

何と、益子さんだ。四葉のバー『ソーアン』で会った四葉自動車教習所の教官、益子豊士さん。と、それぞれ世代がちがう三女性。その四人。

「いらっしゃいませ」

そう言ったおれに、益子さんは言った。

「お、一番乗り？」

「はい」

「まあ、そうなるのを狙って十一時ちょうどに来たんだけど。いい？」

「どうぞ。こないだはどうも」

「こちらこそ、どうも。あのあとは、何、やっぱり歩いて帰ったの？『ソーアン』から」

「はい」

「タクシーじゃなく」

「そうですね。歩いて帰りました。ゆっくりでも、三十分ちょいでしたよ」

「男女二人で歩く三十分ちょいは、あっという間だしね」

「うーん。どうなんでしょう」

あっという間だった。

「で、予定どおり来させてもらったよ」

「出前を頼んでいただいてもよかったですけど」

「あ、それはね、もうだいじょうぶ」

「はい？」

「範囲外なのに出前をしてもらう必要はない。もうね、四葉じゃないの」

「え？」

「今はみつば。近くなった。だから来た」

「そうなんですか？」

「うん。四葉からみつばに引っ越した。家を建てたのよ」

「あぁ。そうでしたか」

「入居したばっかりでまだ全部は片づいてないんだけど、ちょっと落ちついたから、みんなで食べに来た」

「ありがとうございます」

『ソーアン』で言おうかと思ったんだけど、あんなふうにたまたま会ったとこで言うのも何だなとも思って。どうせここにはこうやって四人で来るつもりでいたし、紹介も兼ねてそのときでいいかと。おれはあのあとまた『ソーアン』に行ってるから、マスターと冬香ちゃんにはもう話したけどね。とにかく、そのみつばの家に四人で住むことになった。奥さんと二人で建てたの。彼女も普通に働いてるから。言っちゃうと、おれよりずっと稼いでるから」

「言っちゃわなくていいわよ」とその奥さんが言う。

「それは、あの、復縁なさったということですか？」と訊いてしまう。

「正式にはまだしてない」と益子さん。「まずは一緒に住んでみることにした」

「あぁ」

「おれが住ませてもらう感じかな」

「そんなことないでしょ」と奥さん。「土地を見つけたのはあなただし」

「そうそう。見つけたのはおれ。というか、正確には、鳴樹くん」

「はい？」

「前にここでそばを食べたときにさ、一丁目に更地があるって話、してくれたじゃない」

「あぁ。はい」

「そのあとにね、おれ、見に行ってみたのよ。そしたら売地になってて。奥さんが家を建てようとしてることは知ってたから、話してみたわけ。みつばなら値段的にもいけそうってことで、すぐ不動産屋さんに連絡して。ほんとにいいかもってことになって。で、建てた」

「それで益子さんも」

「うん。何かそういうことに」

それは、すごい。

かつて木場忠道さんが住んでたとこだ。そば屋のおれがたまたまその話を聞き、単なる土地の話として益子さんに伝えた。それがまさかこんなことに。おれは関係してないが、まったく関係してないとは言えないような気もする。

益子さんは、言ったとおり、三人をおれに紹介してくれた。

奥さんは、岡美鈴《おかみすず》さん。都内のアパレル会社に勤めてる。大手。有名なとこだ。

娘さんは、美月《みづき》さん。小枝と同じで、二十五歳。今はどこにも勤めてない。

お孫さんは、美空《みそら》さん。八歳。小学二年生。みつば東小に転校したという。おれの後輩になるわけだ。

美月さんに夫はいない。離婚したのではなく、初めからいないそうだ。明日音さんと和太の洞口親子みたいに早い段階から二人になったということではなく、初めからいない。まあ、そんなこともあるだろう。

美月さんは美空さんが小学四年生になったら働くつもりでいたが、次の四月、三年生になるときでいいかと考えるようになってる。美空さんが思いのほかしっかりしてくれてるから、ということらしい。心奈さんみたいな感じなのかもしれない。

益子さんがおれに言う。

「一気に三人の家族持ちになって、家もみつばになったから、これまでと同じペースで『ソーアン』に行くのは難しくなりそうだよ。さすがに、四日に一度は行けない。八日に一度かな」

「でも行くんですね」とおれ。

「まあ、行っちゃうよね。おれは趣味が『ソーアン』みたいなもんだから」

「ウチにも来てくださいよ」

「うん。来るよ。実際さ、みつばに移るとき、鳴樹くんのこの店があるのはいいなと思ったの。だから移ったとまでは言わないけど、理由の一つにはなったよ。家の近くに日本そばの店があるのはいいなと思った。おれはラーメンより断然日本そばだから」

「おぉ。それはうれしいです」

「だからさ、『後楽庵』みたいに閉めちゃわないでね。って、鳴樹くんはだいじょうぶか。まだ三十だもんね。あと三十年はいける」

「いきたいですね。がんばります。みつばの日本そば屋として」

この益子さんに木場さん。さらには、横尾さんに森田さん。店を始めたことで、知り合いが増えた。

埋立地で住宅地の、蜜葉市みつば。歳をとったニュータウン。オールド・ニュータウン。おれが育った町。離れて、戻った町。離れる前よりは根づけたような気がする。

思う。

よし。店でもケーキとプリンを出そう。

冷蔵ディスプレイケースも買っちゃおう。確か四十万円ぐらいはするが、かつての同期である富塚令馬か石橋梓子に頼めばちょっとは安くしてくれるだろう。おれ自身会社にいたから知ってる。ちょっとは安くしても、一応、売上の成績にはなるはずだ。

そばもやる。スイーツもやる。どちらもちゃんとやる。おれと小枝がいれば、それができる。おれと小枝がいるから、それができる。

そば『ささはら』を、いずれは手打ちそばの店にする。親父ができなかったそれもやる。日曜日にそば打ち教室なんかを開くのも悪くない。子どもにも大人にも教えられたらいい。

ウチはそば屋。日本そば屋だ。店名からそばを外すのは、なし。スイーツに頼ってはいけない。まずはそば。それはそう。

ただ。スイーツを加えるのはありかもしれない。スイーツというカタカナでバランスが悪ければ、そばと甘味の『ささはら』とか。

でもそれだと、甘味担当の人もささはらに含まれる感じになってしまう。とはいえ、そばと甘味の『ささはらとすぎと』、ではまどろっこしいし。

甘味担当の人。笹原になってくれる可能性はあるかな。なってくれないかな。

あらためて、思う。

日本そば、という言葉は結構好きだ。

親父がよく口にしてた。だからその声で耳に残ってた。

が、最近は、それだけの感じでもなくなってきた。おれ自身もよく口にするから。

小野寺史宣（おのでら　ふみのり）
1968年、千葉県生まれ。2006年「裏へ走り蹴り込め」で第86回オール讀物新人賞を受賞。08年、第３回ポプラ社小説大賞優秀賞受賞作の『ROCKER』で単行本デビュー。19年、『ひと』が本屋大賞２位に。他の著書に「みつばの郵便屋さん」「タクジョ！」のシリーズ作品、『本日も教官なり』『夜の側に立つ』『ライフ』『縁《ゆかり》』『まち』『今日も町の隅で』『食っちゃ寝て書いて』『とにもかくにもごはん』『いえ』『君に光射す』『みつばの泉ちゃん』『夫妻集』『町なか番外地』『モノ』『日比野豆腐店』『レジデンス』『タッグ』など。

ディア・オールド・ニュータウン

2025年３月１日　初版発行

著者／小野寺史宣《おのでらふみのり》

発行者／山下直久

発行／株式会社KADOKAWA
〒102-8177　東京都千代田区富士見2-13-3
電話　0570-002-301（ナビダイヤル）

印刷所／旭印刷株式会社

製本所／本間製本株式会社

ISBN 978-4-04-115538-7　C0093